U0630206

小说代表一种可能性，正如存在代表一种可能性。

域外华人小说家系列 丈量时代的华文经典

域外华人小说家系列

水墨漫画－彩插珍藏本

秘籍

周征环 作品

山西出版传媒集团

北岳文艺出版社

图书在版编目（CIP）数据

秘籍 / 周征环著. — 太原 ： 北岳文艺出版社, 2017.6
ISBN 978-7-5378-5189-3

Ⅰ. ①秘… Ⅱ. ①周… Ⅲ. ①短篇小说－小说集－中国－当代 Ⅳ. ① I247.7

中国版本图书馆 CIP 数据核字（2017）第 088502 号

| 书名：秘籍 | 策　　划：续小强　王朝军 | 书籍设计：张永文 |
| 著者：周征环 | 责任编辑：王朝军 | 印装监制：巩　璠 |

出版发行：山西出版传媒集团·北岳文艺出版社
地址：山西省太原市并州南路 57 号
邮编：030012
电话：0351-5628696（发行部）　0351-5628688（总编办）
传真：0351-5628680
网址：http://www.bywy.com　E-mail：bywycbs@163.com
经销商：新华书店　印刷装订：山西人民印刷有限责任公司

开本：890mm×1240mm　1/32　字数：202 千字
印张：7.75　彩插：14 幅
版次：2017 年 6 月第 1 版　印次：2017 年 6 月山西第 1 次印刷
书号：ISBN　978-7-5378-5189-3
总定价：42.80 元

本书版权为本社独家所有，未经本社同意不得转载、摘编或复制

作家周征璨

劉津

周征环

1974 年到农村插队

1977 年考入山西大学外语系，毕业后留校任教

1986 年赴美国留学

1989 年、1999 年分别获英美文学硕士、政治学博士学位

主要作品包括：

短篇小说《皇帝的后裔》《秘籍》《非马，非马》等

译作《潞潞短诗选》（中译英，香港：银河出版社），《理念与公正》（英译中，与王浦劬、方向勤合译，北京：东方出版社），英文原著 *Liberal Rights and Political Culture*（美国：Routledge 出版社）

现居美国

仅此而已 - 自序

　　20 世纪 80 年代，我写了包括《秘籍》《非马，非马》在内的十几个短篇小说，其中有一些发表在国内的期刊。这些作品以我插队的乡村生活为背景，试图对个体的生存状态，尤其是精神生存状态，做一点探索式的描述。《秘籍》所讲述的是一个荒诞的故事：世代生活在乡村的朋友，在父亲的遗物中发现一本记载未来的奇书，震撼之余，丧失了生活的信心和勇气。《非马，非马》也是一个荒诞的故事：我在饲养院干活的日子里，有人从外地牵回一匹种马，母马与其交配后，生下一个没有任何马的特征的怪物。

　　这两个故事有没有寓意，有什么寓意，完全应该由读者来规定和发展，因为小说代表一种可能性，正如存在代表一种可能性。有人会说，《秘籍》所讽喻的是我们这一代人的命运；好也罢，不好也罢，它在很久以前我们高唱"共产主义接班人"的时候，已经被写成了。《非马，非马》则昭示我们如梦初醒时，才发现自身被扭曲得不属于任何一个范畴。这种理解或许有一定道理，但不能说是全部。

于是，问题出现了。小说可能是这，也可能是那，但也可能什么都不是。这个命题对于我们的文学传统来说无疑是一个挑战。古往今来的文人学士习惯于把文学当作一种工具，或抒情，或揭露，或教育，或再现。文以载道的观念为我们的创作和欣赏提供了重要的视角，然而，这种规定同时也显示了必然的局限性，使我们难以超越工具、媒介、功利的思维，难以对文学，尤其是小说诗歌本身，做出公正的、充分的解读。

坦率地说，《秘籍》和《非马，非马》也没有逃脱功利思维的影响，写作它们的大氛围是所谓的"伤痕文学"，着重于反思、倾诉和暴露，描述人性的扭曲和升华。但是，小说为什么一定要说明一个或多个问题呢？它为什么一定要达到某种社会、政治目的呢？

三十年后的今天，回顾一下当代小说的发展轨迹，单一的、以功利为本的创作思维似乎对小说的创新帮助不大。从内容上说，受这种思维的束缚，我们在讲故事的时候，往往太专注故事之外的目的，在塑造人和事的过程中，自觉或不自觉地坚持方向性，从而牺牲存在本身的丰富性。从形式上说，单纯地把小说当作工具和媒介，可能对于讲故事的方式产生某种轻视和忽略。不久前，有媒体报道，一位德国汉学家对近年中国文学的语言滥用做了严厉的批评。我认为这正是轻视和忽略的证据之一。体与用、目的与手段的主次关系，深深地根植于我们的文化心态当中，但是我们不应该局限于只是接受这个事实，因为文学创作需要超越，需要无界。

小说具有内在逻辑、本身价值，而不仅仅是通向某种意义的途径。

这一点理应得到我们的肯定。这就是说，小说可能除了自身之外，什么都不是。我们讲一个故事，故事讲完了，它就变成我们生存经验的一部分。这就是小说。它不一定必须去完成一个理想，再现一个英雄，激励一个沮丧的青年，揭露一种腐败的生活方式，但是我们可以欢迎，而不是阻止它去那么做。

关于这一点，维特根斯坦对语言的认识可以为我们提供一些线索：语言不只是一个交流的媒介，也是构成我们所交流的现实的组成部分。换句话说，语言是我们表达的内容的组成部分。小说也是如此。

当然，肯定小说的内在逻辑、本身价值，并不需要排斥工具性，正如我们热爱生命本身，却并不停止寻求生命以外的意义。人类寻求现象背后的真谛的本能由来已久，不会因为强调现象本身的价值和逻辑而消失。然而，我们不应该为了满足这种本能而轻视和忽略现象本身。20 世纪 60 年代，《第二十二条军规》出版后，批评家和读者把约瑟夫·海勒当作反战的代表，海勒断然否认这种联系，认为自己不过讲述了一个人不愿介入一件事、又不得不介入其中的故事，而故事中语言和事件的重复性达到了一种幽默效果，与作者预期的效果相吻合，仅此而已。

我想，《第二十二条军规》的例子可以给我们一些启示。

目　录

五行

"有十年了吧？"她问。

"嗯。"我应道。

"整十年了。"她又说。

"你的眼睛还能看见一点吗？"我问。

"瞎了。"她冷冷地说，"地地道道地瞎了。这样倒也好：眼不见，心不烦。"

我注意到她的眼球上蒙着一层灰色的雾。我从挎包里取出一包酥皮点心和一包糖果，塞在她的怀里。

"大娘，一点小意思。"

她捏捏那两包东西，咧嘴笑了，说："你也不容易，还记挂着我这老婆子。"

"我们几个人刚来的时候，不是全凭你照顾么！"

"可不是么！你那时只是个娃娃，怪恓惶的。唉，你爹妈也真舍得。"

我想告诉她，那时，我父母连他们自己的命运都无法主宰，更何况他们的儿子。

"过去的事了。"我感慨地说，想转移一下话题，便信口问："二丑呢？"

"下地了。"

"他结婚了吧？"

"娃娃都三个啦！你呢？"

"我也结了婚，还没有生孩子。"

"哦，哦！"她眨眨眼皮，好像在想一件事情，"你们城里人跟我们不一样。"

"是吗？"

她沉默不语。我觉得那沉默是一种责备。

"你和二丑同年，"她终于说，"也该要了。老人们说：不孝有三，无后为大。"

"再说吧。"我搪塞着，"大爷什么时候过世的？"

"前年……大前年……记不清了。"

我暗自惊讶，随即想到五叔，后悔不该问这个问题。我抬起头，注视她那张憔悴的面孔，却未发现什么异样。她显得镇静、淡漠，盘腿端坐在炕上，手里攥着捻线的线砣子。村里无人确切地知道她的身世。人们猜测，她是大爷闯关东回来的路上从妓院里赎出来的。五十年前，她生第一个儿子的时候，才十六岁。

街上多了一些同样的面孔，想必是子孙的子孙的子孙。邋遢女人

○
○

那些往事，仿佛因了故人清晰起来，却也留下了含弄不清的呓语。

家门口的炭火仍旧熠熠地蹿着蓝火苗；哑巴的儿子好像永远长不大；桂香的肚子大大地凸起，站在门槛上张望，见到我，脸儿一红。

"你没甚变。"她说。

"还是一条鼻子，两扇耳朵。"

"你的耳朵挺大。还记得，那夜打场……"

我的脸陡然臊得通红。

"晚上到家里吃饭吧。我包饺子。"

我支吾着。

"他不在家。"她诡谲地说。

我发现她的目光仍然轻佻。我下意识地摸摸耳朵，上面的牙印恐怕还在，倒是早已不疼了。

"我记得，我走时，你就怀上了。"我说。

"可不是么，"她蹙起一双细眉，"一直生不出来，等孩子他爹呢。"说完，咯咯直笑。

我也笑了，说："别胡扯。"

她笑得更凶了。

那个叫小颖的姑娘从来没有笑过。初次见面，她给我讲了一个多小时的克罗齐；后来，我们接了一个吻，吻得非常正派，非常礼貌。她长得一点儿也不美，却狂热地喜欢美学，两年前，考中北大的研究生。我去火车站送行，她把头探出车窗向我道别。那一刻，我惊奇地发现，她头顶的头发是那样的稀疏，我简直可以看见她白嫩的头皮。

"到大娘家一块儿吃吧。"笑过之后，我建议说，"我把木匠也找来，大伙凑在一起，热闹些。"

"难道你不愿意和我单独说说话儿？"她调侃地问，"还是不敢？"

我没有回答。

木匠和他的爹妈分了家，自己盖房子，娶全村最漂亮的姑娘做媳妇，生了一个女儿，取名丽莎，洋味十足。

"儿子女儿一样，"他说，"谁像他们见识短，小农思想，非要个儿子传宗接代不可！"

"盖这房子花了多少钱？"我问。

他的脸上闪着得意的光芒，嘴一抿，含笑不答。接着，他伸手在衣兜里摸摸，摸出一包劣质的芒果牌香烟，却又揣回去，另一只手在另一只衣兜里再摸，便摸出一包精美的牡丹牌香烟。

"抽支好的。"他从容不迫地说。

"戒了。"我说。

"抽一支！"

"得过一次肺病，遵医嘱，戒了。"

"嘻，没福气。"他自己燃了一支，"还能喝几盅吗？"

"凑合。"

"好！今晚我让老婆炒两个菜，咱伙计高兴高兴。"

我告诉他要去大娘家一聚，已经说妥，桂香也去。他似乎犹豫片刻，然后问需要带点什么东西。

"随便吧！"我说，"只要别忘记带上嘴就成。"

"论吃，我是冠军。"他嬉笑着说。

隔壁院里的吵嚷声越来越大，木匠怒气冲冲地甩门出去看看究竟，我尾随而至。二楞的母亲指着一位少妇的鼻子大骂，唾沫星子飞溅。少妇怒眼圆睁，两手叉腰，粗重地喘息着。二楞坐在石阶上闷头吸烟。木匠冲我使个眼色。

"你后头养娃娃——诎（屌）人呐！"少妇咆哮着。

"放你妈的狗臭大骡屁！"二楞的母亲唾道，"连你人都是我阎家的，更不用说鸡下的蛋。哼，养只鸡还能收颗蛋，养你呢？"

"嗷……嗷……不能活咧！二楞，你听见了吗？你亲妈骂我不会下蛋……嗷，不能活咧！杀人呐！"

木匠让二楞劝架。

"一边是妈，一边是婆姨，咋个劝？"二楞瓮声瓮气地说，说毕，径自嘤嘤哭泣起来。

二楞幼时曾大病一场，痊愈后口齿就不利索了，智力也受到很大影响。可阎家唯独他一子，奉若掌上明珠，因而说亲者迭出。二楞十七岁定亲，十八岁娶亲，媳妇五大三粗，体格强健，却也有点儿心智未启的意思。不知何种缘故，俩人结婚两年之后，仍不见一子一女生出。二楞妈至此后悔不迭，婆媳关系趋于紧张。

"二楞，"我拍拍他的肩膀，"把婆姨劝回去吧。"

他瞥我一眼，止了哭泣，瞪起一双圆眼，伸出粗大的食指，指着我："你……你……"

"不认识啦？"

"认识。认识。"

"把婆姨拽回房里去吧。今晚到大娘家，咱们包饺子。"

二楞天真地笑了，既可爱，又可怜。

冬天，太阳早早地落下去，我去供销社买一些罐头之类他们稀罕的东西，竟没有一个人认识我，当然，我也不认识他们。柜台内一位老者打盹，另外一男一女两个年轻人嘀咕说笑，冷清极了，像散场的剧院。

二丑从地里回来，见到我，笑骂道：

"你他妈的一走就石沉大海，做了什么官？"

"我长得像做官的吗？"我反问。

"不但像，而且像赃官。"

"要做当然做清官。"

"错了。错了。"二丑摇摇头，"做官一定要做赃官。清官要求人人都清廉，所以招惹是非。"

我笑笑，问："你混得如何？"

"我不过是做人的机器。"

"何必这么悲观！"

"我和你同岁，可是，你看我脸上的皱纹，接起来能绕地球三圈。"

正说间，木匠、桂香和二楞陆续到齐。大家闲聊片刻，便动手做饭。大娘看不见，坐在炕上指挥。

木匠说："往饺子里包几个钢镚儿，看谁有福气吃着。"

桂香习性好玩，把面揉捏成一条长的东西，拎着让大家看。二楞伸手抓去，扑个空，闪在桂香怀里。

"傻二楞，你快把我撞死了！"桂香嗔怒道。

二五说:"二楞,你自己有,做甚要抢别人的?是不是想和桂香的换一换?"

"牲口!"桂香骂道。

大家哄然一笑。

"爹,我要上茅子。"二丑的儿子小小说。

"现在腾不出手,你再憋一会儿。"

"爹,憋不住了。"

"就尿到院里吧。"

"爹,我怕。"

"怕甚!"二丑不耐烦地说,"嗬,真是人穷拉夜屎。"

二丑洗了手,牵起儿子出了门。

"冬天上茅子是个问题,两瓣屁股冻得冰拔凉。"木匠若有所思地说,"人家城里人都在屋里建茅子。"

"那不恶心煞啦?"大娘接口道。

"干净呢,都是自来水冲洗。"木匠说,"还有一种叫抽水马桶,坐着屙尿,一点儿也不困。"

"没听说过。"大娘说,"木匠瞎编。"

"谁瞎编?"木匠较真,"你不信,问问……二楞,是吧?"

二楞不知所云地眨眨眼。

大家又笑了一回。

饺子煮好,连菜一起端上炕桌。桂香给三个男人一一斟酒。

二丑打诨说:"桂香在家把男人伺候得熨帖呢,倒酒一滴不洒,锻炼出来了。"

桂香没有吱声，大概因为二丑的媳妇在场，不便造次。

三杯酒下肚，话就极多。我听到许多以前未曾听过却并不陌生的故事。李家的老七突然辞掉民办小学的教职，离乡出走，至今音讯全无。月娥赶庙会时遇暴雨，被狂风刮断的高压电线击穿，年仅二十岁；她的爹妈在邻村找到一个病故的男人，与月娥同葬，结了阴婚。艮子时来运转，进县城做了官。金平兄弟三人开一爿豆腐坊，生意兴旺。老康的右派问题得到改正；他拿着一大笔补发的工资游山玩水。李家的孙子李继明考中大学，李老太太强行阻止，不准他去……我觉得头有点沉。

饺子吃完，却无人声明吃到那个钢镚儿。木匠猜测可能是小小咽在肚里。二丑急了，盘问好大一阵儿，小小说不晓得吃了没有。二楞说可能他自己吃了；他的脖颈粗，咽东西没有感觉。众人正自叫嚷，木匠媳妇和二楞媳妇找上门来，四人一道走了。

"今夜住哪儿？"桂香问我。

"有地方。"我含糊其辞地说。

"到我那儿去吧。"

"你男人不在家吧。"大娘插嘴说。

桂香一怔，然后笑着说："那有甚了不起！五叔以前不也是常来你这儿么！"

大娘苦笑一下，不再作声。

桂香把我送到村口。

"你真的要走吗？"她幽婉地问。

我点点头。

"这一别，不晓得甚时再见。"

我握住她的手，极想把她搂抱在怀里，亲她一个够。

"天要下雪咧！路上小心。"

我抬头望望天，惑然地说："我自己都不知道该去哪儿！"

"留下来么，你又不乐意。"

我叹了口气。

村口戏台上的戏唱得正热火朝天，锣钹鼓琴有节奏地伴随道白，不知演的是《天仙配》《十五贯》，还是《空城计》。观众黑压压一片，却若无人似的寂静。突然，街上涌来一队人，大都披麻戴孝，我一看便知是送葬出殡的队伍。其中一个人走上前来，跟我借火。

"我不抽烟。"我说。

话音未落，我感到双臂被人从后面紧紧钳住。大概碰上了熟人，我想。黑暗中，我扭过头来，只见一根粗绳绕过我的胸前，把我绑缚起来。

"是他。"一个声音说。

"走吧！"另一个声音说。

"去哪儿？"我问。

"去了，就知道了。"

"我不去。"

"不由你。"

我挣扎几番。

"放开我！"

一只手在我的脸颊上抚摸着。我睁开眼，温暖的气息扑在我的胸脯上。房间里仍是漆黑一团，远方隐隐起伏着雄鸡的啼鸣。

病友

　　老头儿一定不善言谈,我暗忖,应该是第四天了,竟然没有说过一句话。天哪,这白色的孤独和寂寞!不知多少人曾在老头儿躺着的那张床上躺过。一个个地进来,又一个个地出去,再也听不到他们的声音,就这样消失。画家问我读不读诗,这就是诗。写了几千年,仍在写。老头儿看起来像个诗人,一头短直刚硬的灰发,诗想必也写得清峻峭拔,傲视群伦。傲视群伦!哦,那是多么令人向往的寂寞和孤独!

　　从现在起,再过一星期,我想……

　　医生查房完毕,摘掉老头儿的输液瓶。老头儿将一捋头发,坐起身,伸个腰,趿上鞋,走到我床边说:

　　"小伙子,今儿天气不错,出去晒晒太阳吧。"

　　"今天感觉如何?"我问。

　　"有点精神了。"

　　忽然,我发现他的一只袖筒空空荡荡。

"你这是……"

"唉,说来话长。以后慢慢讲。"

阳光出奇的温煦,不像秋末的日子。我们沿着林荫道向山坡下走去,走累了,便坐在道旁的长椅上小憩。

"老了。"老头儿喟叹道。

"高龄?"

"七十岁了。你呢?"

"四十刚出头。"

"正当年。"

"我也老了。"我开玩笑地说。

"笑话,笑话。"隔了片刻,他又说,"你跟我儿子差不多年纪……如果他还在……"

我意识到他未说完的话里有一个沉痛的故事,他的表情和语调已经告诉我。我等待着。

回来的时候正赶上午饭。吃完饭午休,老头儿却没有睡意。他从枕下摸出一副围棋,独自摆开战场。我好奇地守在一旁观看。

"会下吗?"他问。

"不会。"

"想学吗?"

"难学吗?"

"我来教你。"

我坐在他的对面。

"从基本道理教起。"他盘好腿,伸手抓了几枚棋子,"围棋的本质是用最少的子儿围最大的空儿。先占角，再占边，最后进攻中腹。俗话说：金角银边草肚皮。围两个眼算活，一个眼便死。"

他在棋盘上搁了几枚棋子，示范一遍。我点点头。

"占角只用六子便活，占边用八子，占中腹非要十子不可。"

又示范一遍。我看得清楚。

"好，可以下了。"他摆一盒黑子在我手边，"记住，围棋复杂多变，深不可测，但千变万化，围空第一。不要光想吃死对方，那样反得其害。也不可强争一二子的得失，而疏忽大局。"

老头儿让我九子。下了第一盘，我输了。第二盘，又输，第三、四盘均是败绩。我心里窝着一股火。第五盘下完，老头儿说：

"不必数了。下次一定记住，不要光想吃死我，留我一条生路，你也有了生路。"

老头儿看出我输棋心里不快，自己泡杯茶，默然不语。我颇觉尴尬，责怪自己没有气度，便找些话来说。

"你好像每天早晨出去打太极拳？"

"自我安慰安慰罢了。"

"一点效果都没有？"

"到时候了！我是身患绝症之人。"

"什么病？"

"医生不告诉我，但我心里有数。"

我的心陡然一沉。

"医生一般会告诉你的家人。"

他摇摇头，说："我孤身一人，没有家。"

○
○

一个孤独无依的病友，一盘阴差阳错的围棋。两个人的相遇，就是罪与罚的再次启程，就是来与去的饮恨别离。

这时，我才想起从未见过什么人来探望老头儿，更不用说陪侍。

"我有过一个儿子。"他凄然地笑笑，摸摸左臂空荡荡的袖筒，"咳，争一日之长短……心高气盛……"

从此，老头儿每天教我几盘棋。一月之后，我竟可以在他让九子的情况下与他下个平手。老头儿的身体日趋恶化，面容消瘦，饮食不进，整日靠输液维持。

"你有孩子吗？"一日，他问我。

"有一个女儿。"

"她干什么？"

"上高中。"

他长长叹了口气。

"你呢？"我问。

"我不是告诉过你么，我什么都没有。"他有些恼怒地说，"我和妻子在五七年一起被打成右派，妻子自杀了。整整三十年，我没有再续。当时……当时，我也选择了……"

他的眼里充溢着泪水。

"……儿子才六岁。我写了一封信，连同一张全家三人的照片及五十块钱，夹在他的棉袄里，说：'孩子，爸爸要出差了，到很冷很冷的北方去。你拿着这信和钱，坐火车到上海找你外婆去吧。'我把他送上火车。他是个非常聪明的孩子，好像预感到什么要发生，拉着我的袖子，说：'爸爸，你也去吧！'我流着泪，说：'爸爸会去看你的。'他一边哭，一边劝我：'爸爸，你别哭，我一定听外婆的话。'火车启动了，他把一只小手伸出车窗，向我挥别……"

老头儿擦去眼角的泪水，继续说：

"我出了车站，站在路边等待着。一辆卡车驶来，我心一横，往路中心冲去……"他指着失去的那条胳膊，"这是代价。"

他沉默良久。

"苏醒过来后，我的第一个感觉是进入了另一个世界。但是，眼前一件件的事物不断向我证实，我仍然活着，活在这个世界上。最后，我终于相信我没有死。此后几十年，我一直问自己为何要自杀，结果是令人痛苦的：我一直自诩性格刚强，一身正气，且颇以此为荣为尊，然而正是这个缘故，我受不得委屈，又是一个非常软弱的人。全国那么多右派都能忍辱负重地活下来，我为何不能？他们难道没有寄托？他们难道不是坚强正直的人？我死过一次后才懂得，好人和坏人一样，都有着致命的弱点，致命的局限。况且，刚强和正义这些观念并不是无条件的，它们和生命紧紧联系在一起，而不是超然其外。"

"你的儿子呢？"我抑郁地问，竭力压制心中的愤懑不平。

"哦，出院后，我便去上海找儿子。岳母听到她女儿自杀的噩耗，顿时气绝，根本没有来得及去车站接她的外孙。我到处打听儿子的下落，寻找数月，竟一无所获。不过，我相信他活着。也许这只是一种幻觉，这种幻觉随着年龄的增长，愈来愈使我痛苦不安……"

"他是活着。"我打断他的话，激动地大声说，"他到了上海，找不到外婆，就此流落街头。几个月后，他被收容进了孤儿院。在孤儿院，他度过了整整十年时光。'文化大革命'开始后，他报名上山下乡，到了内蒙古草原，又辗转去了北大荒，后来又来到山西。这些年，他放过马，开过荒，做过木匠，讨过饭，风餐露宿，流浪漂泊，饱尝人间的苦头，活下来了。他结了婚,生了孩子……"

"你……你怎么知道?"老头儿大惊失色地望着我。

"我……我这么想象。"我把头扭向一边,躲避着他的视线,"那是那时候一般年轻人的命运。"

"是的。"他点点头,"你说得对。"

"很可惜,他最需要你的时候,你却不在他身边。"

"唉!我这个做父亲的应当受到谴责。其实,我早已断了继续寻找他的念头。我想,即使现在找到他,他也不会认我这个不尽责的父亲。你说是吗?"

"我不知道。"

"但是,我相信他会想通的。到我这个年纪,他会想通的。"

"也许吧。"我淡淡地说。

我疲倦地躺在床上,盯着天花板,不知道自己在想什么。

"如果是你,"片刻,他又说,"你会恨这样的父亲吗?"

我没有回答。

老头儿昏昏沉沉地输液,又输了一个星期。他的双腿浮肿得可怕。稍有点精神,他便出去打太极拳,回来后,又感到全身不适。我劝他卧床休息。

"对待死亡的正确态度是坦然处之。"他说,"勿惧勿悲。来,年轻人,下两盘棋。"

他仍然让我九子。

我总是摆脱不掉"吃"这个念头。一局输了,便清醒过来,却已晚矣。当局时便又稀里糊涂地厮杀着吃。最后一局显然老头儿谦让,我赢了;虽不是三岁小儿,心里却仍不免自鸣得意,嘴头上倒是着实客气一番。

妻子来探望,带来很多水果,我剥个橘子给老头儿吃。大家闲聊一阵,老头儿拿出一张照片给我们看。

"这是我妻子。"他说,"这是我儿子。"

"她长得很漂亮。"妻子说,"这孩子也乖极了。"

"我看看。"我说。

"哎,慢着……"妻子若有所思地说,"这张照片我好像在哪儿见过。"

"大概在照相馆的橱窗里。"我接道。

"不对……"

"算了。甭想了。"我说,"越想,越想不起来。我想回家看看,你去跟医生打个招呼。"

妻子走出病房后,我把照片还给老头儿,歉疚地笑笑,说:

"我知道这张照片对你来说是多么不同寻常。请你别介意我妻子的话。"

"我一点儿不介意。"他会意地笑笑,"或许她真在什么地方见过呢!"

我更不答话,简单地收拾一下,向老头儿告辞。

在家里住了一夜一天。傍晚,我买了一些食品和水果匆匆赶回医院。病房里空空荡荡,老头儿的床铺整理得干干净净,却不见他的人影。蓦地,我全身一紧,预感到不祥之事已经发生。我急忙去值班室找护士。

"昨天抬出去了。"护士简单地说。

"昨天?"我纳罕地问,"昨天他不是还好好的嘛!"

"那叫回光返照。回光返照,你懂不懂?"

我的心彻底沉下去。

"哎,对了,他留给你一样东西。"护士塞给我一个薄薄的纸包。

我回到病房,打开纸包。原来是一张照片。准确地说,是那张照片。我翻过照片,希望找到只言片语。他什么也没有写。我感到一阵从未有过的空落,想哭,却又流不出一滴眼泪。我知道自己心底巨大的悲哀,是无法用眼泪洗刷干净的。我凝视着那张照片。

"晚了!"我痛苦地想。

照片上的那对年轻夫妻和那个憨笑的男孩儿,在我的凝视下活了起来。我隐约觉得他们对我说了些什么。

难道老头儿已猜到几分?我忖度着,否则,他为什么要把照片留给我?我希望老头儿坦然地死去,尽管那不太可能,那样,我心里或许会好受一些。

野蔷薇

　　每年过春节,大家相聚,喝点酒,联络一下感情。今年,她没有来,也许永远不会来了。听朋友们说,她结了婚,又离了婚,现在不知何处安身。我仍是孤家寡人,并非找不到姑娘,是内心没有找的意愿。人的情感宛如人体内一簇敏感的神经,复杂而且柔弱。流行的说法往往指摘男人伤害女人的心,好像男人的神经都是钢丝做的。其实,男人的心一旦受到伤害,比女人的心还难愈合。或许我在说那种外强中干的男人。西方哲人说,不想它,它便不存在。我做不到,因而当不成哲学家;当不成哲学家,却拼命喜欢读哲学书,越读陷得越深,看着这个世界唁叹不已。

　　"我真不知道自己在干什么!"我对朋友们说。

　　"别想得太多。"他们劝道。

　　倏地,我想到:所有的婴儿早在娘胎里便已经具备未来的相貌和体格。

聚会散了之后，我坐在窗前听鞭炮声。母亲进屋来，坐在我身边，说：

"这天好像要下雪。"

"惯例了。"我漫不经心地应着，"每年这时都下。"

接着是沉默。我知道母亲准备说些什么。

"一年一年可真快！"她说，"我和你爸爸来的时候，这里是一片荒地。"

"可不是么！"

"一晃四十年了。"

"是啊！"

"你们也都成人了。"

我想说：这是自然规律。一切都将成为过去。

"我和你爸爸结婚时二十二岁。"

"是吗？"

"早结婚，有早的好处。"

"也许。"

"现在时髦晚婚，可再晚也别超过三十岁。你这个年纪，的确有点晚了。"

她比我小一岁，我想。

"你的事究竟怎样？我早就想问问。"

"我问过，她说不行。"

"是不是还对过去的事牵肠挂肚？……"

"过去？"

"男子汉嘛!"

我不像个男子汉。这是她说的。她说我身上缺乏一种东西。什么东西?这不是明摆着么。过后,她又安慰我说她在开玩笑。她确实喜欢开玩笑,这就更加使人不能相信。她说她对我的感情是纠缠不清的。我有仪表,有知识,有教养,有志向,有才智,有道德,她究竟还需要什么?事情变得莫名其妙。"你说她还会回到你身边吗?"我不断地问自己。天知道!一个飘忽不定的精灵。

"你喜欢旅行吗?"

"喜欢。"

"好极了。夏天,咱们一块儿去爬黄山吧!"

"可以。"我随口应着,心想她的建议不过是一时的心血来潮。

"你喜欢飘吗?"

"飘?"

"踏着一朵祥云,飘!"

"你的想象力倒是丰富。"

"人都说黄山云雾变幻莫测,奇谲怪异。站在山巅上,看脚下流云浮动,色彩斑斓,就好像踏着一朵祥云飘一样,别有一番情趣。"

"我恐怕没这个福分享受。"

"为什么?"

"我晕高。"

"多新鲜呢!"

"有人晕船、晕车、晕机,我晕高。"

"心理作用。"

也许是吧，我想。

"她有点孩子气。"我对朋友们说，"刚认识几天，就约我出去旅行。"

"这妞儿神了。"他们说。

"她把一切简单化了。旅行所带来的吃住、花销、安全等问题，她大概一概不予考虑。"

"你何必作茧自缚？"

"不行。"我严肃地说，"我要寻找的是妻子，不是花街柳巷的尤物。我要跟她过一辈子呢。"

夏天到来的时候，我改变了主意。

"我不打算去了。"我对她说，"我觉得有些不妥。第一，我们才结识不久，相互还不够了解，一块儿出去，不方便；第二，我的经济状况不允许；第三，我正在赶写一篇文章，想早些交稿。希望你谅解。"

她一副失望的表情，说："没关系，以后再找机会吧。"

"实在抱歉。"

"不必这么客气。"她友善地笑笑，"你这人怪实诚的。"

我腼腆地笑了，"我们哪天去公园散散步，怎么样？"

"像三流文人描写的那样？"她诙谐地说。

"她很开朗，"母亲说，"长得也蛮不错。可是，这事勉强不得。能成则已,不能则散。你说是吗?"

"是。"

"那你不必整日一副失魂落魄的模样。"

"我知道。"

"你不知道。"

"我不知道。"

"你不知道什么?"

"不知道我知道不知道。"

"你在说些什么?"

我想说:我知道自己身上有致命的弱点,却不知道那弱点是什么。我遇到过一些姑娘,遗憾的是,我在她们身上发现了我自己。我不爱她们,但是,我同情她们,正如她同情我。记不清多少次了,我观察到她的目光里含着怜悯。起初,我误认为那是柔情。

"还要走多远?"

"你累了?"

"没有。"

"不愿意跟我一块儿再走走?"

"哪儿的话!当然愿意。"

她微微扬起头,注视着我的眼睛。我的心怦然急跳。

"你继续说吧。"她终于说。

"现在有一种观点认为,中国文化是阴性文化,与西方文化比较,我们的文化中缺乏进取性和冒险性;理性过剩,而激情不足。实际上,中西方都有阴阳之争。尼采称之为阿波罗精神和狄奥尼索斯精神。我想谈谈中国文化中的狄奥尼索斯精神,就是酒神精神,或狂欢精神。"

"我们只有酒仙,没有酒神。"

我雍容大度地笑笑,不想与她作任何争执。她冲我扮个鬼脸,顽皮地咯咯一笑,伸手挽住我的胳膊。

"别这样!"我感到非常不自在。

"怕什么?"她娇嗔地说。

"不怕什么。"

"真不怕?"

"咳,笑话。"

突然,她张开双臂,搂着我的脖子,在我的嘴唇上出其不意地吻了一下。

行人一定都看到了。看到的行人当中一定有我熟悉的面孔。我恼羞成怒。

"你太过分了!"我粗暴地说。

她惊慌地望着我,半晌,说:"真对不起!让你难堪了。"

"我……没什么……只是有点不习惯。"我支吾着。

天渐渐黑了。我们在花坛的台阶上坐下,试图享受一刻嘈杂中的宁静。她始终默默地陪伴在我身边。我感到一阵歉疚,便伸臂揽住她的肩膀,大概想做出一种姿态。她仍然低着头。

"你哭了!"我感到她的肩膀微微颤动。

她终于哭出声来,扑在我的怀里,像个委屈的孩子。我抚摸着她的头发,像父亲安慰女儿。

"吃吧。"母亲把削好的苹果递给我。

"吃吧。"她把削好的苹果递给我。

"我自己削。"我说,"你先吃。"

"你太懂事。"她说,"一点儿也不像个孩子。"

"孩子?"我不解地问,"我本来就不是孩子。"

她专注地吃苹果,并不回答。

"成熟点不好吗?"我继续问。

"太成熟了,就像这苹果,软绵绵的,外表也失去了光泽。"

"吃吧。"母亲又说。

"有青苹果吗?国光什么的?我不喜欢这黄香蕉。"

"没有。"母亲不悦地说,"大家都喜欢黄香蕉,软、香、甜……"

"我讨厌软香甜。"

"你现在变得越来越不近人情了,你自己清楚不清楚?"

"不清楚。"

"我犯不着跟你啰唆。"母亲嘟囔着,站起身,做出欲走的姿势,却没有挪步,好像忽然想起什么事情,又坐下来,说,"你爸的一位老同事有个女儿,岁数也不小了,人挺文静的,在北京念研究生。"

我不想听。

"你爸的意思是,你们先见见面。你觉得怎样?"

再失望一次?我想。跟她们见面,一定逃脱不了尴尬的沉默,还有,羞涩。我恨这两个字。两个人坐在公园的草坪上,低着头,一个捡草叶,一个玩石子儿。等什么!我真想说:咱们直截了当地说吧!直截了当地

○
○

缚得的是爱，缚不得的又是什么？

做吧！然而，我说不出来，做不出来。是我自己的过错，为何要责备旁人。

"她们也有过错。"

"揭去你们的掩盖，坦露给我你们的单纯和快乐！"

"夏天，咱们一块儿去爬黄山吧！"

"今年夏天，我要去青岛看海。"她说。

"我也去。"

"真的?！"她兴奋地叫了一声。

我想表现一下自己的决心，就拿住她的手捏了捏。

"你考虑好啦？"她揶揄地问，"吃住怎么办？安全怎么办？"

我笑了，说："你这人怪实诚的。"

她把两条胳膊搭在我的肩头，半睁着眼睛，两瓣樱红的嘴唇就向我逼近。我紧紧地搂住她的腰身，接了一个长长的吻。

"哎哟！"她突然叫起来，"咬我的舌头了。"

我的脸一红，说："对不起！不是故意的。"

"傻瓜，我没有埋怨你……"

又一个长长的吻。

我们尽情地吻着对方的整个脸颊和脖颈。她轻轻地咬咬我的耳根，我迅即感到一阵莫可言状的瘫软无力，半个身子麻痹了一般。我觉得自己的脸上湿漉漉的。我闻到唾液的腥味。够了，我想，适可而止。我直起脖子。

"别……亲亲我……"她蠕动着嘴唇,低声说。

我在她的脸颊上干巴巴地吻了一下。

蓦地,她抽回两只胳膊,凝视我片刻,然后,背转身,问:

"你真喜欢我吗?"

"你怎么提这样的问题!"我觉得委屈。

"回答我。"

"当然。"

"当然什么?"

"当然喜欢你。"

"我只要你这句话。"

"究竟怎么回事?"

"没什么。"

"告诉我。"我坚持道。

"你为什么敷衍我?"

"我……你……我们总应该喘口气吧!"

"你在想其他的事情,在想怎么样克制自己,对不对?"

我是一个撒谎的孩子,站在父母面前。

"你确实是一位谦谦君子。"她接着说,"我们相处已有些时日,你从来没有放肆;我是说,你从来对我没有失礼。我信任你,喜欢你。可是,我有时怀疑你是否真的喜欢我,倒希望你放肆一些。"

我沉默着,不知如何应答。

"我没什么经验。"我终于说。

"这根本不是有没有经验的问题。这是人的天性。"

"也许我天性愚鲁。"

"是吗？"她扬起眉毛，不无讥讽地问，"你不懂情，不懂爱，还是不懂男女之事？你独自个儿的时候，想过我吗？"

"想过。"我嗫嚅着。

"想过亲吻我、抚摸我吗？"

我感到脸颊发热。

"想过有一天我们俩赤身裸体地拥抱在一起……"

我惊愕地叫了起来："你疯了！"

"你为什么不告诉我？"

"告诉你什么？"

"告诉我你想过的有关我们俩人的事情。"

"我说不出口。"

"为什么？"

"我不知道，那不可能。我不好说的。绝对不会。永远不会。"

"不会什么？"母亲迷惑地问，"行吗？"

"行，行。"我随口应着。

"好。我安排个时间，请人家过来吃饭。"

"请谁？"

"你怎么不当回事？"母亲发火了。

"哦，我忘了她叫什么。"我狡辩道。

"我还没告诉你呢，你怎么知道？"

"叫什么？"

"我自己来写吧。"她说。

旅馆的服务员递过来一张住宿登记表。

"你们俩住一间吗？"服务员问。

"对。"她答道。

我扯了扯她的衣角。

"有结婚证吗？"

"我们结婚几年了，谁也没想到出门要带那东西。"

"请让我看看你们的工作证。"服务员瞟了我一眼，瞟得我极其紧张。

她终于拿到钥匙。我们沿着昏暗的走廊向里边走去。我发现自己的衬衫全湿透了，清凉湿润的风吹来，激了我一个哆嗦。她找到我们的房间号码，打开门，我就觉得眼前一亮，顿时长舒一口气。

"你真够胆大的！"我说，"苍天保佑别在这儿碰到任何熟人。"

"你要愿意另住一间，自己再去登记。"她有些不高兴地说。

"事先我们应该商量一下。"

"如果商量，我们就住不成这间屋子了，睡你的大通铺去吧，打呼噜的人会吵得你神经衰弱。晚上睡不好，白天怎么有情绪玩呢！你高兴来了，还是怄气来了？"

"我们根本没结婚么……"

她笑了笑，骂道："你真是个木头！"

我不知所措地站着，像一个寻找宝藏的人失落在大山深处，前面等待我的究竟是什么，我一无所知。我没有退缩，却也没有前进。这就是我。

"洗澡吧！"她催促着。

我去旅馆里的公共浴室冲了浴，换了衣衫，身上顿时感到轻松，满心的不安随之烟消云散。她也冲浴回来了，一脸的红光，显得舒展、娇嫩。她说她要换衣裳，我自觉地背过身来，脸冲着窗外，听见身后窸窸窣窣的声响，一颗心便怦怦剧跳。她正在穿裙子，我悉数着。该穿汗衫了。衬衫。袜子。鞋。穿着停当。她正在梳头。我转过身来，着实吃了一惊。她已经穿好裙子，上身却只遮着胸罩，弯了腰，在打开的小皮箱里翻找什么。

"我那件白纱短袖衫找不到了。"她自言自语地说。

"我帮你找。"

"可能没带来。"她蹙眉思索着。

倏地，她像意识到了什么，脸颊一红，说：

"你不是一直站在窗口吗？"

"我以为你早已穿好了。"我窘迫地说。

她紧紧地盯着我，一双乌亮的眼睛充满微笑。我颤悠悠地伸出手，摸摸她光洁圆润的肩头。她似乎哆嗦了一下，接着，握住我的手，把它贴在她滚烫的脸颊上。

"烫吗？"她问。

"烫。"我说，"我的也一样。你摸！"

她仍然握着我的手，慢慢把它按在她的胸脯上。我感到窒息。我的心脏一定停止了跳动。

"你真的从来没有见过吗？"她低声问道。

我摇摇头。

"扣子在背后。"她用轻微得几乎听不到的声音说,"解开它吧。"

她把头靠在我的肩上。我发现自己的手非常笨拙,细小的汗珠顺着我的脊梁淌下。终于解开了。我从她的肩膀上摘下那只奇怪的小东西,扔在床上,一个新的世界便展现在我的眼前,那么耀眼,那么美妙,那么骄傲。我竟然不敢用手去触摸它们,似乎它们是一对圣物。

"想亲,你就亲吧。"她说。

我轻轻地吻着它们,然后,抬起头,冲她微笑。她也笑了,笑得很神秘,很美。

"你笑什么?"母亲说,"她叫王颖。"

"不是。"

"你胡说什么!"

"她叫⋯⋯她小名叫什么?"

"我不知道。"母亲生硬地回答,"你问人家小名干什么?"

"随便问问。"

"这么大人了,还要做父母的操心。"母亲嘟囔着,走出房间。

两滴泪水悄悄地滚到我的嘴边。

"没想到海水这么咸,"她激动地大声说,"而且涩。"

又一个浪头扑来,我看见一座白色的山倾压在我的头上。浪头退去的时候,我发现我们俩被冲回到岸边,站在齐腿深的海水里。

"我以为海有多深呢,"她笑哈哈地说,"才没过膝。"

橘色的沙滩上缀满晒日光浴的人。我们选了一片空地躺下。太阳很烫,我闭上眼睛,哗哗的海浪声从容不迫地诉说着永恒。

"永远这样该多好!"她伏在我的胸膛上,感慨地说。

"那不饿死啦。"我平板地对答着。

"你这人太缺乏诗意。"

"我又不是诗人。"

"诗意并不只属于诗人。"

"什么是诗意?"

"你听着,"她吟诵起来,

　　　　我想起那些流浪许久的心
　　　　无一日
　　　　不含在岁月的口中
　　　　终了,像一根草
　　　　再被潮水送回来

　　　　今夜的海上
　　　　他们好吗?

她背诵完了,就静静地凝视着海天衔接的远方,仿佛她的问候真的随海浪而去,安抚着每一个漂泊者的心灵。

"其实,我也不知道什么是诗意。"她最后说,"也许是遗忘,也许是追求,也许是痛苦和欢欣。不论是什么,生活中一旦没有了它,我们就完结了。"

"有那么严重吗？"

她没有回答，掬起一抔沙子，撒在我的肚腹上，然后跳起来，迎着奔涌而至的浪涛向大海中冲去。我听到天空里海鸥的鸣叫。

"诗意！"我叨念着。

晚饭后，我们一同上栈桥散步。湿润的海风阵阵吹来。落潮了，捡海蛎子的人钻在礁石缝里，航标灯在远处闪烁，人们站在石墙边眺望黑茫茫的大海。我听到一个孩子的声音：

"妈妈，海水为啥是咸的？"

"因为海水里有盐。"

"谁把盐撒进去的？"

"妈妈不知道。"

"我们就像那个孩子。"她说。

"冷吗？"我搂住她的肩膀，关切地问。

"还记得今天我给你念的那几行诗吗？"

"嗯。"

"我们自己何尝不是那些流浪许久的心呢！"

她把头贴到我胸前。

"我有点怕。"她说。

"怕什么？"

"不知道。"

"荒唐！"

"我们回去吧！"

我们缓缓向旅馆走去，她恢复了以往轻快的步态。我总是觉得她的内心隐藏着一个秘密，也许她本身便是一个秘密，陪伴在我身边，而我从来没有认真地寻觅过它，任它从我的眼皮下离去，就像沙子从指缝中流淌掉一般。

　　"你喜欢酒吗？"

　　"我从不喝酒。"

　　"不喝酒，怎么写酒神精神？"

　　"难道所有的男作家都得重回娘胎，做一次女人，才能写女人吗？"

　　她咯咯笑了，"如果我买了酒，你喝不喝？"

　　"试一试也无妨。"

　　临近午夜，温度渐渐降下来，风撩起窗帘，送来海的气息，安静极了。我的心似乎被一只无形的巨掌托起，抛在半空，霎时变得轻盈飘逸。此情此景不正是所谓的良宵吗？我感到一种含糊的喜悦，一种与周围的一切融合的迷醉，一种惴惴不安的希望。我意识到自己被深深地触动了。直到那一刻，我一直像一块浸在海中的石头，有一天，一个捡螃蟹的孩子把我翻移开来，于是，我的另一面便看见了天空和太阳。

　　然而，轻盈飘逸的感觉并没有持续多久，我从半空中落下，开始怀疑自己失去了重心，觉得这一切不过是无聊的自我骄纵和浅薄的快乐。

　　她取了酒杯，斟好酒，推一杯在我面前。

　　"现在可以告诉你了，"她说，"今天是我的生日。"

　　我愣了一下，埋怨道："为什么不早说？我也好给你买个生日礼物。"

"这趟旅行就是最完美的礼物。"

我们同时举起杯。

"生日快乐！"我说。

"谢谢！"

两只酒杯的碰撞发出清脆的声音,我呷了一口。

"好喝吗？"

我皱起眉,苦笑一下。

"不喜欢就不要喝了。"

"得有一个适应的过程。"我逞能地说。

使我惊诧的不是我自己破了不喝酒的戒规,而是我发现她的酒量极大。不知为何,我感到微微不快,却又找不出不快的明显理由。一个姑娘家,怎么这么能喝酒？我想。

她饮干最后一滴酒,我拿了镜子给她看。她摸摸自己的脸颊,对着镜子痴笑。

"一喝脸就红。"她说。

"红了很好看。"我信口说。

"真的吗？"

"真的。"

"你喜欢吗？"

"喜欢。"

她扑在我的双膝上,含含糊糊地说了些什么。我用手指梳理她的头发,她好像受了惊吓似的,双臂陡然紧紧搂抱住我的腿,半边脸颊在我的膝头上摩掌着。我很想沿着她的脖颈往下探摸,一直摸到她的乳房……这个想法让我不禁打了一个冷战，不能这样，她一定会直起腰来，重重地甩我一个耳光，然后夺门而走的。如果她需要那种抚摸，她会告诉我的，世上最没有价值的耻辱莫过于侵犯一个女人的身体而遭到反抗和鄙视。况且，即使摸到了，又能怎样？难道我的思想会因此更深刻，我的精神会因此更丰富吗？我舒心地笑了，为自己的选择而感到骄傲。

过了片刻，她懒懒地抬起头，嘴唇微启，脸颊潮红，睁着一双蒙眬的眼睛，像在等待。

"困了吧？"我不假思索地说，"你去睡吧。"

她沉吟半晌，幽幽地说："你真要打地铺？说着玩的吧？"

"我觉得那样比较合适。"

此时，我的脸色一定严肃得可怕。刹那间，我被一股巨大的浩然正气吞没，浑身也觉得威武了许多，似乎眼前的一切弱小无援都在我的保护之下。

"我觉得那样比较合适。"我又强调了一遍，希望在她的心目中树立起一个坚定正派的形象，而不是一个贪图便利的卑贱小人。

她站起身，走到窗前，拉好窗帘，然后立在那儿，似乎打算做什么事情，却又犹豫不决。

"我真不忍心让你睡地板。"她终于说，"后半夜很凉……如果你坚持，我也不勉强你。"

门铃声叮叮响个不停。

"来了！"母亲在厨房叫道。

又是客人，我想。天哪，这个世界有没有安宁！

"姑娘回来了吗？"母亲问。

"回来了，整天窝在家里看书。"一个陌生的声音回答。

"我们家儿子也一样，不愿出门。"

"他们这一辈人普遍显得老成。"

"可不是么！跟我们五十年代初的人大不相同。"

倒不如说未老先衰，我暗想。我关了房门，在床上躺下来，我需要一个安静的角落，也需要一个甜美的梦。我闭上眼睛，低声向值得眷恋的过去呼唤，不觉中竟昏昏睡去……

当我睁开眼的时候，奇迹就发生了。她躺在我的身旁，匀匀地呼吸着，脸颊绯红，酥胸坦露，一只胳膊随意地搭在我的胸膛上。这一变故直惊得我魂飞魄散。难道真是一个梦?! 我的双手变得冰凉。我纹丝不动地仰面躺着，竭力回忆事情的经过，却什么也记不起来了。当初，我一定睡在地板上。我这样宽慰自己。然而我清楚，宽慰并不足以解释我为什么会赤身裸体地躺在这张陷阱一般的床上，也不足以说明昨夜我在这张床上究竟做了些什么出格的事情。我感到一阵无可奈何的气恼和懊悔。我输了，我悲哀地想，输给我心中的那个魔鬼，而且，输得如此之惨，令人不堪回首。

晨风卷起窗幔，阳光倾泻进来。我听见大海的喧嚣，便想到这次旅行，想到同宿和酒。一切似乎都在安排之中。蓦地，我发现自己是一位瞽者，旅途中，被一阵醉人的花香诱入桃花谷；当醉意消散的时候，才意识到自己夹在四壁之中，做了囚徒。我轻轻叹了口气，记起一位先哲的话：一个人若是被感情所支配，他就失去了自主权而受命运的宰割。多么沉痛的警告！我不寒而栗地想。

正当我深刻地自责的时候，我惊喜地感觉到，理智和自信像一股热流在我冻僵的体内缓缓游动，一只有力的手把我重新搀扶起来，我开始蹒跚地行走。我慢慢拈起她的手臂，放在她自己的身上，决定趁她未醒之时，下床穿好衣服，以免四目相视带来不必要的尴尬。我想我会镇定自若地随她完成这次旅行，使她相信我们之间什么也没有发生。然后……忽然，她的手臂又伸过来，搭在我的胸脯上。我重新把它轻轻拈起，放在她的身侧。可是手臂又搭了过来。我扭头看时，只见她大睁着眼睛，不知何时醒来。她看见我的窘态，咯咯地笑了。

"你……早醒了？"我红着脸问。

"在观察你的动静。"

我觉得被戏弄，心头不悦，却又不便发作，就紧闭着嘴，一言不发。

"别生气。"我柔声柔气地说，"跟你开个玩笑。"

我积蓄着勇气。

"我自己都不知道怎么回事，"我发现自己的声音在颤抖，"也许是酒，也许是……"

"你说些什么呀！"

"我是说……我这样……我怎么会躺……躺……在这里？……"

"你后悔吗？"

"嗯。不……有点……那个……"

"你呀！为什么总与自己过不去呢！"说着，她贴近我。

我感到她的肌肤的滑润,心旌便摇荡起来,身子却直挺挺地躺起,不敢挪动半分。

"你的身子在发抖?"她问,"是夜里着凉了吗?"

我没有回答,我似乎听出来她的话语中含有嘲讽。突然,一股强烈的怨恨涌到我的舌尖。

"你肯定知道!"我终于爆发起来,"你肯定知道!"

"知道什么?"她明显吃了一惊。

"别装模作样的。我本来睡在地板上,怎么会无缘无故地躺到这张床上来呢?"

"你不喜欢这样吗?"

"你喜欢?你喜欢看我出丑,是吗?你喜欢看我毁掉自己的信念,而去追求所谓的乐趣,是吗?这下你可满意了。你说话呀!事情难道会如此之巧?我早就应该想到,你不要尊严我还要呢!我真傻,傻透了!……"

我肆意地发作着,一副气急败坏的模样,哪里还顾及翩翩的风度。她始终不动声色地听我宣泄,像承受冰雹的一阵袭击。我乜斜一眼,注意到她的脸色非常苍白,心中不免生出些许的歉意,却仍旧被怒气驱使着,不愿做出任何让步的姿态。

终于,她从床上坐起来,拿件衣服披在身上,然后,掀开毯子,跳下床,顺手取了搭在椅背上的裙子,眨眼间穿着停当,又在床沿上坐下,背冲着我,伤感地说:

"你想错了。我从来没有取笑或摆布你的念头,更不用说企图伤害你。与你想象的恰恰相反,我并不是一个没人要的贱坯;昨晚,我觉得自己做出了很大牺牲。当时我想这个牺牲应该是值得的,它会使我们更亲近、更坦率一些。谁料,事不如人愿……"

我听到她在啜泣,"……我也不希望事情是这样一个结局,可是……我别无选择……"

刹那间,我不顾一切地从床上跳起来,扑过去,把她紧紧搂在怀里。她没有挣扎,低着头,眼泪扑簌簌地落在她的裙子上。

"你千万别多心!"我急促地说,"我的头脑一时发昏,言语不中听,你权当我没说罢了。"

她抹抹眼泪,默默地坐着。

"如果我有过错,你尽可指出。"

她叹了口气。

"你说,你原谅我了。"

"我说,"她终于开口道,"我原谅你了。可是……"

"可是什么?"

"可是……我不知道……也许是我错了。"她伸出手掌,摸摸我的脸颊,幽婉地说,"我想过多次了,与其将来痛苦,还是早些分开的好。"

"什么?分手?"

她侧过头,在我的嘴唇上印了一个告别的吻,然后,拨开我的手臂,从容地离开我的怀抱。

"你当真?"我喊道。

"当什么真?"

我抬起头,发现母亲站在面前。

"客人走了吗？"我问。

"走了。"母亲喜形于色地说："是王颖的父母。说妥了，明天他们全家都来。"

"来干吗？"

母亲瞪大眼睛，审视着我。

"你要把这事当儿戏，"她气呼呼地说，"我马上去回绝了人家。"

回绝？我想，事情早已结束，还谈什么回绝！她的态度是那样斩钉截铁，而语调却又是那样温雅宜人。我一直没有意识到事情的不可挽回，直到那一刻，她变成一尊塑像，冰冷而又高傲。

"因为那么一件小事，"我继续争辩着，"你就赌气抛弃我们共同建设起来的……"

"我不是赌气。"她淡淡地说，"难道你至今还不理解？"

"是我的过错吗？"

她苦笑一下，说："这并不是一个谁对谁错的问题。"

"那么，究竟是什么问题？"

"我说不清楚，就像我给你念过的那首诗，说不清楚。"

"我们不是一直相爱得很好吗？"

"那不是爱。"

"不是爱，是什么？"

"随便你称呼它。"她若有所思地说，"爱不应该成为一种负担，我们不能总是背着沉重的负担去生活。"

"负担？什么负担？"

我茫然地望着她，不知道她究竟说了些什么。她用一种温和的目光打量着我，好像准备给我一线希望的光。忽然，我觉得，只要再给我一次机会，我绝不会失去她。当然我知道这只不过是一个幻觉而已，现实生活中，倘若真有这样一次机会，我会抓住它吗？我会告诫自己：爱是不能乞求的，如果她要走，就让她走吧！没有她，我的生活也许会更愉快一些。

　　然而，我更愉快吗？十年后的今天，我三十五岁了，仍是孑然一身。我终于发现，我失去的不是一位姑娘，而是我的生命。也许我从来未曾拥有她，也就谈不上什么失去。闲暇时，我常常回忆我们在一起所度过的美好的时光，隐约觉察到那时在自责和警惕的背后，隐藏着轻松和快乐。如果赢得一个女人的爱可以被称为宰割，那么，世上还有比这种宰割更值得津津乐道的吗？我知道自己一天天憔悴，当夜里睡不着觉的时候，我便会奇怪自己为什么会变成这副德性，是生就的吗？

　　我的姑娘，你在哪里？

秘籍

乾公是村里少有的读书人,解放前教过几天私塾,解放后任生产队会计二十余载,近年去世。乾公晚年得一子,取名儒雅,唤作艮子。艮子幼即丧母,在父亲熏陶下,书读得十分精湛;人亦生性聪颖灵慧,一悟百悟。十岁号称小秀才,二十岁名扬乡里,三十岁无所不知,无所不晓。娶一贤妻,得一女,两年后又得一子,举家欢喜不尽,日子过得平安快乐,无忧无虑。艮子才华横溢,却立誓不为五斗米折腰。他熟读《韩非子》,为官之道了如指掌,喟叹看破红尘,最以务农为佳,有"悠然见南山"之美,"独钓寒江雪"之情。

我认识艮子时,他刚过而立之年。我们常在一起论古道今,海阔天空,时间不长,便相视为同道,成莫逆之交。他长我十岁,称我为贤弟,我则拜他为仁兄。二人沆瀣一气,形影相随。

乾公身后遗留一大批书,多为古籍,线装。据艮子言,系祖传。闲暇时,艮子便领我浏览一摞摞黄里透黑、黑里透黄的宝贝,着实令人咋舌不已。

"真是祖上积德呵！"我感慨道。

"家父生前常手抚古籍,长吟短诵。"艮子说,"有些书他珍惜万分,锁在一只匣中。他老人家临终嘱咐,等我读完所有这些书,到知天命的年纪时,再取匣中之物一阅。"

"你猜测匣子里可能是什么类型的书呢？"我好奇地问。

"难说。必定是稀世之珍品,书中之精粹。"

"我可以看看那只匣子吗？"

"当然。"

艮子从墙上取下一串粗大的黄铜钥匙,走到枣红雕花大柜之前,开了黄铜锁,探进半个腰,从柜中端出一只一尺见方的黑匣。黑匣的边角已经磨损,被一只黄铜小锁扣了,显得古旧而神秘。我轻轻敲了敲它。闷声。

"满满一匣。"我说。

"家父说过,好像只一两本而已。"艮子说,"闷声多半是木质所致。"

"哦,是木匣。"

"是木匣。"

"我以为是铜匣呢。"

"铜匣不宜装书。"

"为什么？"

"恐是不能隔潮,且容易锈蚀。"

我接过黑木匣,掂掂分量。

"不沉。"我说。

"书在于精，不在于多。"

"猜不透令尊为什么不让你现在看这些书。"

"自有他的理由。"

"其实早看晚看没什么差别，只要头脑成熟了。"

"父命如山，不敢亵渎。"

"乾公在世，没准儿早让你读了。"

艮子没有立时应答，沉吟片刻，才抬起头，道："我也曾作如是想。有些书值得横竖反复推敲，有些书读一遍之后便味同嚼蜡。一本书可以使人茅塞顿开，犹如醍醐灌顶；一百本书却可能仍令人愚顽不明，好似七窍生烟。我何尝不愿一饱眼福，然而……"

余下的话艮子未吐，我已猜到一二。设身处地想，己所不欲，何施于人！作罢。便不再怂恿。

一日，艮子叩门，情急，说：

"孺子不适，还劳诊视。"

"我这点雕虫小技行吗？"

"如若不行，再请令尊大驾不妨。"

我觉得言之成理，匆匆披衣，赶至艮子宅前。艮子妻出门迎候，早泡了一壶茶。我颇觉过意不去，便起身，说：

"先看看孩子吧。"

艮子的儿子仰躺在炕上，两颊通红，双目紧闭，呼吸粗重。我伸手搭在他的额头，滚烫，心里已然明白几分；再号脉，无甚异常，释然道：

"略受点风寒。不打紧，吃一两剂药就会好。"

艮子长舒一口气，悬吊的心总算放下。

"换季时容易伤风感冒。"我说，"虽说早已立春，气候仍寒冷不暖。早晚注意给孩子添点衣裳。"

我写了方子，无非是常见发热驱寒之类，递给艮子，说：

"我没有处方权。拿给我爹，让他签个字，把药抓了，温火煎，一剂药吃两次。三四天后，孩子就又活蹦乱跳了。"

艮子听罢，十分高兴，急切去抓药，留我在屋里品茶。我知道艮子爱子如命，也不阻拦，与他妻子闲聊一阵，便告辞回家。

一周后，我去艮子家拜访，询问孩子的身体，艮子大喜。

"不出所料，"他言道，"药到病除。贤弟可与华佗媲美。"

"见笑，见笑。"我难堪地说，"本不是大患，仁兄言过其实了。"

"今日心情舒畅，我去沽些酒来，与贤弟'同销万古愁'如何？"

"正中下怀。而且，我还有一些问题须向仁兄请教。"

"甚好，甚好。"

弦月上升之时，菜馔已摆上桌面。一碟凉拌土豆丝，一碗胡萝卜炖羊肉，一盘腌黄瓜，谈不上奢华，却令人心满意足。艮子妻在炉台上温了酒，替我和艮子斟上，退至一旁煮些面食。我二人轮流把盏，喝得淋漓尽致，十分酣畅。

"老聃之言极是，"艮子说，"无所不为无所为，有所不为有所为。人生博大、深奥难测，却也并非不可测。然诸事不可贪，贪则淫，淫则乱，乱则冥，冥而混沌，还为无知。咎莫大于欲得，祸莫出于不足。退为进，屈为直，辱为宠；甘居一隅，见素抱朴，少私寡欲，最为上策。夫唯不争，故天下莫能与之争。吾辈何时能不行而知，不见而名，不为而成，始称善为人道者。"

艮子出口成章，滔滔不绝。我愈听，崇敬之心愈深，不由想五体投地，拜伏在他脚下，做关门弟子。

"孰能浊以静之徐清？"艮子长吟道，"孰能安以久动之徐生？"

"我曾让一盲人算过一卦，"我说，"他说我这一辈子注定一事无成，因为我兴趣太泛。"

"兴趣太泛须当力戒。然而，打卦占卜之人实不可信。你读几页《易经》，也可去当阴阳先生，观天象，看风水，口沫横飞，蛊惑人心。"

"但是，我们今天许多事都让古人说中了，这该如何解释？"

"不过巧合而已。也有通理，人称常识，如：人皆有食色之性，生死乃必然。然而，它并不决定食色对象，亦不指明生死之间为此为彼之道。你仍有回旋余地。所谓命运，不过茶余饭后浅薄无稽的消食之谈。不足为虑！不足为虑！"

"你这一番话极有启发。"

"年轻人读书，易流于摘取一字半句大智大慧之言，自以为已谙人生真谛，殊不知只知其一，不知其二。一遇坎坷，便消沉悲观，认定世间苦难聚于一身，至此痛不自持。其实不然。何时读到不为悲而悲，不为喜而喜，才是炉火纯青之境界。"

艮子如此精通读书之道，不能不令人俯首帖耳，甘居下风。

时过不久，是丙辰清明，艮子要去父亲坟头祭奠，我说也去烧炷香，敬乾公在天之灵。好在艮子不甚讲究礼仪，我也不在乎陈规陋习。二人便一同提了馒头、酒菜、碗碟及香烛，一路聊至村东小岗。

小岗乃村民几代坟葬之地，近两年平田整地，古墓始见天日，青砖椁木尸骨挖掘一空。据艮子言,乾公弥留有嘱,坟堆能小则小,不可树碑,不插柳枝,唯恐柳树易活,几年后,叶繁枝茂,煞是显眼。艮子领会其意,遵嘱。所以,乾公栖息之地略有些萧条之气,几株野草摇曳坟顶,甚是孤贫简陋。

艮子从荆篮里取了祭奠用品,一字在坟头摆开,又点了香烛,插在黄土中,抓一把纸钱点燃,扔在坟尖,然后倒了两盅酒,敬父亲一盅,自己喝一盅,便盘腿坐下,低头默然不语。片刻,有音自嘴边挤出,却不知言语什么。我烧了一炷香,退到几步之外,坐定,等艮子事毕。艮子沉吟良久,像打坐念经的和尚,只是没有合十而已。不一阵,艮子起身,走至渠边解手。解罢,招呼我道:

"一起来把这些东西吃掉。"

菜肴味道不错,只是有些冰凉。我们每人喝了两盅酒暖肚。

"我历来不信这一套。"艮子边嚼边说,"不过,祭了,便心安理得。酒菜也可打打牙祭。"

我噗嗤笑了。艮子不能自禁,也哈哈大笑起来。

"阴阳之事令人啼笑皆非,"他说,"不可过于认真;灵魂之事有捏造杜撰之嫌,也不必再三追究。见则信,信则有,有则思。不见不信不思,谓无。"

正说间,一妇人走近,臂挎荆篮,篮上罩一块白毛巾,想必也是上坟而来。

"艮子,"她笑着打个招呼,问,"做完了?"

"刚完。"艮子报以同样微笑,也问:"你哭谁?"

"还有谁?我那死鬼。"妇人嗔怒道,"跟他享不到清福,倒累得一身

047

病痛。他走得轻松，丢下一大家人，里里外外都在我肩上。"

"元嫂，你当心身体。"艮子关切地说。

"唉，我上辈子不知作了甚孽。"我注意到她的脸上并无痛苦。

艮子与她又寒暄几句，那妇人便走开来。不多时，顺风传来哭号声，甚是凄厉，令人为之泪下。艮子见我受其感染，便相劝道：

"你不知，那不过是做戏罢了。你想，笑完即哭，哭完即笑，可能真悲恸吗？骗骗死人而已。当然，也骗自己。"

我笑道："你也不例外。"

"我若例外，岂能与你在此相对而坐，极尽嘲讽之能事！"

二人又畅笑一回。

艮子起身，背手而立，环顾四野一片新绿。冬麦已返青，阳光温煦，乏筋骨，令人松软如酥。随即，艮子诗兴大发，吟道：

"离离原上草，一岁一枯荣。野火烧不尽，春风吹又生。"

听了这几句，我也感到豪气满怀，想人类世代繁衍不绝，生生不息，何悲之有！

清明一过，种瓜点豆，农事催人，我与艮子月余未曾谋面。及至立夏时分，我去艮子家拜访，碰巧他已出门；又几日，再去，仍不在家。令人遗憾。我留话艮子妻，请他有空到我家里一叙。艮子则始终未露面。我颇觉蹊跷，猜度他有意回避，却又寻不出任何理由。一日，去供销社买货，见艮子正在沽酒，就从背后拍他肩臂。他一惊，扭过头来，见是我，脸涨成紫红，说：

"知你看望我几次，抱歉得很，要事缠身，不得空闲奉陪。失敬了！"

"先紧要事。"我说，"我不过想闲聊。"

○
○

阴阳，本是两隔的天地，可偏于冥冥中响起了灵魂的暗语。

我注意到艮子神色憔悴，目光躲闪，一副惊弓之鸟模样，便问：

"是否遇到棘手事情？"

"呵……没有……无大事……"他言语吞吐木讷。

"我们如兄弟一般，需要帮助处，尽管说来，不必客气。"

艮子挤出一个微笑，十分吃力，似有难言之隐。接着，同我匆匆道别。

翌日，我心中不宁，再去艮子家，见他斜倚在炕头，神情呆滞，委顿不堪。他摆手示意我坐下，嗓音沙哑着说近日身体不适。我摸他额头，并不发热；又看他舌苔，却是黄、干、厚；再扣他手腕，探脉搏，觉得相当微弱。艮子妻说，他三五日茶饭不思，闷闷不乐，长吁短叹，显得十分焦虑。我问艮子，最大不适是何处，他答道：

"胸口憋胀，气不够用。"

我说："此乃忧郁所致，怕是伤了肺。再则，你舌苔黄干厚，想必肝火过旺。吃两剂药吧。"

艮子忙推脱，"不必了。略染小恙，何须大惊小怪。静养两日则愈。"

我明知艮子之患多半乃心病，便相劝道：

"气瘀于胸而不发，久之变重变浊，侵害五脏，因而不可小觑。"

艮子长叹一声，并不答话。

"有话只管说出，气便为之消散；不说，则凝聚，阻碍血脉畅通，伤元气。"

他喟叹道："怕是读书读得迂腐了。"便不再张嘴，似痴了一般。

我见状，规劝几句，遂出得院中，叮咛艮子妻诱导他多说话，或许他能一吐为快，早日痊愈。

此后，我三天两头去探望艮子，却只字不提他的病情，谈古道今，一如既往。他强作欢颜，应酬我。知他无意闲聊，心不在焉，我便寻思转移他的注意力。次日，带了一副象棋，与他对弈。艮子棋艺平平，若细心计较，也能下出惊人之步。他认为下棋极为浪费时间，入迷上瘾，荒疏学业，因此回避棋摊。我摆好棋子，并不征求他的首肯，说：

"红先黑后。开局吧！"

艮子苦笑，伸手走了炮八平五，我跟着应了马二进三。他又一步炮二平四，我应一步象三进五。及他车二进四，守河界，挺起步卒，局势便明朗可观。他取攻势，我持守势。然而，照艮子此种心境，取攻势乃战略性错误。我虽爱棋如命，争强好胜，心中却明白，此次对弈旨在分散艮子忧思，辅助治疗，因而忍让着不下杀手。一个时辰后，胜负基本定形。艮子思索俄顷，弃子，说：

"惭愧得紧，输了。"

"还不至于吧！"我装模作样地说，"我算这棋是我输了。"

他摇摇头，说："你弃一马，看似力量单薄，然而，这炮一旦沉底，我得回马看家。你卒子并拢一团，我单象单士，何以与你周旋？我二马盘将，你二士可以抵挡。输了！"

我看得真切，却说："好像还有救。"

"不必劳神，我终究下你不过。"

"再摆一局。"

"贤弟心意，艮子我已领足。罢了，罢了。"

正说间，艮子妻泡了两杯茶，端来，给我使一眼色。我借口如厕，来到庭中，见艮子妻等在檐下，便问：

"他可说了什么？"

"好像没甚重要事情。"艮子妻轻声说，"他说，他小时经常不听父亲训教，自以为是，我行我素，长大以后，本性不改，后悔都来不及了。"

我沉吟半晌，琢磨不透艮子此话底蕴，说：

"不知他究竟有何难言的苦衷。你仍要多劝他说话。"

我进屋，艮子正在收拾棋子。我呷口茶，说：

"何必悲观，胜败乃兵家常事，你以前不是也赢我吗？"

"那是你谦让。"

"艮子兄，"我话锋一转，正色道，"你我一见如故，多年知己，有事何必相瞒。说了，天大的事也会迎刃而解；不说，芝麻绿豆小事也能令人损寿。我见你近日忧心忡忡，身体羸顿，精神萎靡，说话词不达意，意不言衷。究竟何事？"

艮子尴尬，说："此事说与不说无异，故不说。"

"我并非癖好探人隐私，只是作为朋友，而且懂一点医道，担心你的健康。其实，我也不愿多事。"

"抱歉，抱歉！"艮子拍拍我的肩膀，"辜负贤弟一片古道热肠。惠心可鉴，没齿不忘。然而……我仍需要时间。你不妨过几日再来，届时，我若不说于你听，从此作罢，不再提及，如何？"

"好。"

我思忖给艮子充裕的时间斟酌权衡，隔了十日，才去听结论。艮子面容清癯，声音沙哑，历尽沧桑一般，却又似山野高人，不失潇洒孤傲之气。他与我简单寒暄几句，便引我进藏书间，坐定，说：

"我决定将事情和盘托出，但有一点相求，此事只我二人明晓，不得传于外人。我连妻子也未透露半分。一旦泄露，后果不堪设想。轻则无知之人滋惹事端，重则干系身家性命。你可答应否？"

我庄重道："君子一言，驷马难追。"

"贤弟休怪我赘言。"他说着，变戏法一般，不知从何处端出一样东西，"你来看，此乃何物？"

"黑木匣！"我惊叫一声。

"正是。我违背家父遗愿，偷阅了匣中之物。"

"啊！匣中放着什么？"

"一本书。"

"什么书？"

"奇书。"

"什么奇书？"

"难以一言蔽之。"艮子喟叹道，"你读一页便明分晓。"

我接了书，并不见外观有何异常，乃普通线状古籍一般陈旧，黄中透黑，黑中透黄。暗忖艮子故弄玄虚，歇了心，读指定的那一页：

"子名鬼，字艮子，号东岳，癸未五月初五生于蜗牛。盖幼性顽劣，逆迹昭彰，殃及邻舍，然则资质过人，诵孔孟老庄韩墨诸子也，逾目不忘，说人，公甚爱之。是以癸巳春辍学，从公悬梁刺股，励志十载不逮，文章练达，论古道今，旁征博引，闻名遐迩。癸卯八月一十五日，妻王氏，育一女，然女癯生，双耳不聪，以弱智为其患矣。次生一子，子亦体瘫，恫瘝频仍，无以复加者焉；丁巳正月，痼疾不医，三月二日，夭殇。鬼伤数月，戚戚然，嗟吁其子殁，不能自持。翌年，出为人师，历二载，深孚众望。是故请入仕，官至父母，清廉刚正，不期与奸佞生隙，恶其不信不仁,怫然辞官桑梓,耕者也。戊辰七月,不慎,股折,跛而行。戊子四月廿日,沉疴不起。十月卅日,卒。享年六十有五。妻遵嘱,薄葬于小岗。呜呼!……"

至此,我早已惊得目瞪口呆,冷汗淋漓。

"这……这……可能吗?"我张口结舌地说道。

"你读这段不过小序而已,细节另有叙述。且凡与我过从之人,不论疏密,皆有记载……不,权称之为判决罢。"

"有我吗?"

"当然。"

"说些什么?"

"你可亲眼一阅。"

"我……你……不必了,"我打个冷战,推脱道,"以后再读不妨。"

"所述与你脾性行止分毫不差。"

蓦地,我顿觉心灰意懒,似大病初愈,周身瘫痪无力。抬头,见艮子双目无光,浑浑噩噩,中了魔一般,呆呆地立着。二人沉默良久。藏书间中空气憋闷,散发着陈腐潮霉的气味;再者,光线暗淡,沉寂如死,身临其境中,着实令人不寒而栗。

"或许……"我终于开口道,"或许令尊心血来潮,忽发奇想,写了这些供你一哂。他不是有言在先,让你到知天命的年纪再取来一阅吗?那时,你信则信,不信则罢,已无关紧要。"

艮子摇摇头,慢腾腾道:

"不会。这里不仅记载祖上的来龙去脉,还有我的逸闻趣事。家父岂能料知身后之事,且如此天衣无缝!他起码不会知道你我过从之事吧。"

"这就怪了。"

"怪极,怪极!"艮子道,"实不敢细想,家父何以有这等先知异禀?抑或是天意吗?我曾一一加以对照,平生大小事,皆有论述,无一遗漏。过去终究已成过去,不再提及便无妨。然而,前程呢?丧子之事也可掉以轻心吗?近月余,我食不甘味,夜不成寐,仍想不出一条万全之策。这些事此时虽不会发生,但是,它们一旦发生,我便身不由己、意不随心了!唉,艮子已无能为力,贤弟可有高明之见吗?"

我略想片刻,说:"你尽可把将要发生的事记在心中,到时候竭力回避便是。"

"谈何容易!回避之结果也许正是书中所示之结果,你回避得了吗?那时,你也许会说,当初不该走回避之路,直着走或安然无恙。然而,此刻,你敢直着走吗?言称:防患于未然。奚以防?知之,尚且不防,而况不知乎耶?"

我真想把那本书烧掉,同时也希望艮子与我都不曾阅读过它。

"念以往,我自信知天下事,满腹经纶,运筹帷幄,无所惧,无所悚。今日视之,过于倨傲,过于闭塞了。"

艮子语气一扫往日少壮雄风,宛若一瓢髯老者回首往事,感慨万端,大有"实迷途其未远,觉今是而昨非"之意态,颇令人痛心疾首,然亦肃然起敬。他言罢,捡了那书,仍旧放回黑匣中,锁毕,默然不语。

自艮子家中出来,天空已缀满星斗,街上漆黑一片。狗吠由远方传来,在村野上空平添几分神秘。想起艮子应不是、应也不是的窘境,心中便沉重不堪,恐慌不已。惶悚中,不知如何寻求一丝坦然,遂暗自思量,倘若我父亲有那样一本书,我一定毫不犹豫地焚之。可继而又想,不读它,怎会知道它的魔力呢?

从此,极少登艮子门造访,关系渐趋淡泊。一日,听说他儿子病入膏肓,已动身去大城市求医,不禁大惊失色,却仍然怀抱希望,但愿一切不会那样发生。

外传

　　我一直觉得自己的经历丰富,想写一本自传,或自传体小说,把自己的思想、感情、人生哲学昭示于人,却苦于没有时间,也担心没那份文采去完成这样一部鸿篇巨著。一个星期天的下午,我在"艺林书屋"看到一个戴眼镜的青年人,正在买新近翻译出版的《富兰克林自传》,便上前搭讪道:

　　"这本书不错。我看过原版。"

　　他扭过头,打量我。

　　"你一定喜欢传记文学。"

　　他腼腆地笑笑。

　　"看过《拿破仑传》吗?"

　　他点点头。

　　"《渴望生活》呢?"

　　他又点点头。

我看到云层里透出一线耀眼的光,心中就盈盈地兴奋起来。交谈中,得知他读大学中文系四年级,现正在准备毕业论文。

"你自己动笔吗?"我问。

他点点头。

"你写过诗吗?"

"写过几首。"

"发表过吗?"

"大概四五首短诗。"

"写过小说吗?"

"没有。"

"写过传记吗?"

"也没有。"

"很好,很好。"

他不知所措地望着我。

"这就是说,你仍是无名小卒一个。"我冲他诡异地笑笑,"想出名吗?"

他眨眨眼,说:"当然。"

"很好,很好。"

他大概已经看出我故意卖关子,就转过身,做出欲走的姿势。

"咱们合作写一部传记小说,怎么样?我提供素材,你执笔。"

他客气地笑笑。看得出来,他把我的话当作戏言。

"是真的。"我严肃地说。

"为谁立传?"

"我。"

"你？"他惊讶地盯着我,满眼的不信任,然后,红着脸嘟囔道,"传记要写名人呢。"

"名人也是被写出来的。"我急切地说。

他不再作声。

我锲而不舍地继续说:"这是一箭双雕的事儿。"

他仍然腼腆地笑笑,看不出究竟是答应,还是拒绝。我约他下午一起去吃顿饭,至少俩人坐下来谈一谈,或许他会感兴趣。他说他下午有事缠身,不能奉陪。我再三提出邀请,都被婉言谢绝,不由得大光其火。

"给我点面子,成吗?"

他觉得不好意思,说:"这样吧,我先去办事,如果两个钟头内我还没回来,你就别等了。下个星期日在这儿再碰头,怎么样?"

我终于有了台阶可下,却不愿爽快地答应,装作迟疑片刻,然后,懒懒地说:

"好吧!"

他背起背包,出了书屋,踏上自行车,眨眼间消失在人流中。我站在书屋门口,望着自行车、摩托车、汽车、行人组成的嘈杂繁忙的湍流,陡然产生一种不祥的感觉,后悔如此轻易地便放他走掉。这是世界上最了不起、又是最可怕的欲望流。他被卷走了,每个人都被卷走了,永远不再回来。我禁不住伤感起来,缓缓踱步到广场中心邮局,买了一本《小说选刊》杂志坐在长椅上读起来。其中有一篇描写乡村里一位中年寡妇的爱情生活。寡妇在传统观念中总是一个横遭非议的角色。人们骂人骂"寡妇脸";自己心术不正,却偏要说"寡妇门前是非多";还有歇

○
　○

　　"我"的自传，全不是"我"自己，因为"我"仍然找不到插进门锁的钥匙。

后语更奇：寡妇死了儿子——没指望。再嫁呗，怎么说没指望！小说中的寡妇也不例外。然而，酿成她的悲剧的根本原因是她在个人的追求与群体的保守之间不断地徘徊。当然，悲剧既是她个人的，也不是她个人的，她身上所缺乏的是一种视死如归的悲剧精神。假如我是作者，我想，我一定赋予她这种精神……

过了差不多两个时辰，我回到"艺林书屋"。等了一刻钟，并不见那个青年人的踪影。我有点沉不住气了。又等了一刻钟，还是不见他出现。我心里便骂。再等一刻钟，我知道事情没指望了。失望的同时，我不免对这种不公正的待遇感到愤然；愤然中又掺杂着无可奈何，觉得自己受到命运的再一次捉弄，便悻悻地骑了车回家，一路怅惘。

这夜，正值月中，月亮奇特的白，银辉普照，令人想起"江畔何人初见月，江月何年初照人"的诗句，只是没有春，也不见江，更无花香袭人。然而，此情此景却仍叫人情丝不断，浮想绵绵。过去的事像皮影戏一般，既模糊，又清晰，来去匆匆，神秘无比，一幕幕就在眼前表演起来。每表演一次，故事就变得丰富一些。这个过程好像一个充气的气球，气越来越足，球就越来越大，啪的一声，气球终于爆了。于是，我对他说：

"写吧！趁此呼之欲出的时候，赶快下笔。"

他便写起来。

四十年前，我出世的时候，外婆在院中看到一颗流星自南向北，尔后又折东，划了条弧线，斜斜飞落。正是朔日，流星的轨迹明亮可见。外婆说：

"流星走北方七宿，忽而又折转向东，是求苍龙之象。这孩子将来要成大气候的。"

天宿二十八，东七苍龙，西七白虎，北七玄武，南七朱雀。我自南而北又折东，舍朱雀，避玄武，而趋苍龙。所以外婆这么说。说说当然不难，做起来就不那么容易了……

我重重拍了下桌子，叫道：

"棒极了！"

这一叫，我便醒来，迷蒙中意识到自己做了个梦，随即又想起那个年轻人，想起下个星期日的会面，心里便荡漾起了一丝等待的喜悦。

日子过得飞快。我总觉得被杂七八糟的旁生枝条缠得透不过气来，没工夫干什么正经事。至于什么是正经事，却从来不曾有过一个明确的定义。也许写自传是一桩正经事吧，可正经事总是显得十分遥远。我常常为此纳罕。

星期日终于到了。我一大清早便爬起床来，洗漱，刮脸，吃早点，换了洁净的衬衫和长裤，激动得像朝觐的香客。一路上，我不厌其详地为我和他的会面编织了一个美妙动人的场面。然而，奇怪的是，愈接近他，我愈感到杌陧不安，竟不如先前那么自信，似乎只闻其声而未睹其容，担心认不出他来。

书屋的门已经大开，门前停放着寥寥几辆车。来得确实有些早，我想，他恐怕还未到。我刚刚跨进书屋的门，眼睛便向书架那边扫去。读者不多，他果然不在其中。我舒口气，顺手从书架上抽本书，漫不经心地翻阅。读了十几页，居然一个字都没有印在脑子里，却不时地抬起头，朝书屋的门口张望，期盼着他忽然出现在那里，冲我挥手致意，然后，微笑着走到我面前，说：

"你看看这段写得怎么样？"

　　我五岁时，父亲过世。隔年，母亲改嫁，随夫南迁。于是，我的生计便托付给外婆。外婆领我幼小识字，把硬纸板剪成方块，用毛笔写了，橡皮筋一勒，扎成叠，有点像扑克牌，只是尺寸小了二分之一。识字的同时，外婆又苦心孤诣地教我长大做高人名人。等到进了学校，受到老师的几次表扬之后，我便开始相信外婆，认定自己是做大人物的材料。那时想做的大人物无非是胸襟上缀满勋章的将军元帅，却不知那勋章上凝了多少血。再大一点想做科学家，上天入地，探物华天宝，断然料想不到他们许多人正在北大荒卧薪尝胆。又大了一点，读了几首诗，便又想做诗人，羡慕诗人的随意和洒脱，压根儿不明白，在那个"举国狂欢"的年代，诗人和囚徒往往只有一线之隔，今日的桂冠，明日的枷锁……

我沉吟须臾，说："最后这几句应该改一下。"

"为什么？"他不解地问，"这正是我最得意的部分呢。"

"不说也罢。"

"什么叫不说也罢？"

我愣怔了一下，嗫嚅半天，却也没说出所以然来。于是，便让步道："那么，就这样吧！将来让编辑先生们处理好了。他们能掌握分寸。"

我满意地笑了,把手中的书插回书架。

他还没有来。我向书屋的工作人员描述他的外貌,询问他是否已经来过。他们摇头否认。我猜测他可能被什么事绊住了,就耐心地等,等得实在烦躁时,便走出书屋,在大街旁的人行道上溜达,观看过往的行人,琢磨他们这样来去匆匆,都在想什么,都在为什么而奔忙。

我一直等到午后,没有见着他的影子,终于失望了。他耍弄我,我气愤地想,他欺骗我。欺骗,所有的劣迹中最为人不齿的行径!我想到报复。我要找到他,用我的尖利的舌狠狠教训他一顿。他曾经告诉我,他在一所大学读中文系,那么,我寻他便有了方向。这时,我才想起,我连他的名字竟然都不知道,何以去寻找。我踌躇了许久,既不甘心凭空蒙受这场羞辱,又不愿意轻易让写自传的希望化为泡影,最终还是决定去碰碰运气。

整个星期都是在奔忙中度过的。运气出奇的坏,尤其是在你追逐它的时候。我走访了五所大学,遭遇了许多冷眼,居然一无所获。

"你找这人干吗?"他们尖酸刻薄地问,"他是你小舅子,还是欠了你的钱?"

"都不是。"我忍耐着。

"这年头,有名有姓的都不好找,何况无名无姓的?"

我生平第一次深深感到无计可施,真可谓欲罢不忍,欲作不能。我回到家里,蒙头大睡三日,醒来后,心情稍为舒宽一些,却仍然念念不忘其人其事。忽然间,我领悟到自己在遇见他之前,一直懵懵懂懂地活着,而认识他之后,心中就有了目标和追求。倘若从此放弃抓住他的希望,我不是重新堕回蒙昧状态之中了吗！一定得找到他,我暗自思量。他常常光顾的地方少不了"艺林书屋",我何不守在那儿截住他。总有一天他会现身。

"对不起！"他会说,"并不是故意躲避你,实在太忙。"

"没关系,没关系。"

"近来又交了个女朋友,就更忙了。"

"是吗？"我的精神为之一振,"恭喜你呀！哪天你领她来,大家见见面,怎么样？"

"当然可以。"

"她漂亮吗？……哦,我问这简直多余。"

"平平常常。"

"真羡慕你哟！"我感叹道,摸摸自己光秃油亮的天灵盖。

他没有做出任何同情的表示,却把一叠稿纸塞在我手里。我从来不怀疑你具有那份才气,我心里说,只要你用心写,准能写出这样的东西来:

　　相比之下,我想做诗人想得最疯最久,一直想到"文化大革命"爆发,外婆去世,我上山下乡。有那么几年,大人物都被看成不干净的人,想做大人物的人自然也变得不干净起来,而小人物则越来越走俏。于是,我又想做小人物,暗忖:做小人物一定要做像赵光腚那样的贫雇农,或像李玉和那样的铁路工人。那时,我同样不知道,小人物其实也不好当。大人物吃白米饭的时候,小人物也许正在吃小球藻。我父母均出身于书香门第,他们的历史决定我断断当不成小人物;同理,也当不成大人物。无奈,我只好想方设法当一个介乎于大小人物之间的人,一个无牵无挂的人。然而,在这个世界上,无牵无挂的人是没有的,因此,我常常感到无所适从。有一天,我回忆总结一下这四十年来的事情,发现自己一直在绞尽脑汁做别人。做别人终究没有做成,于是,回到斗室,研了墨,蘸了笔,狠狠地写了个"忍"字,贴在床头,日思夜看,觉得字写得还算刚劲,至于究竟忍什么,倒纠缠不清了。

　　……

"这一段既精练,又诙谐,很合我的胃口。"我这样告诉他。

"下面就不太好写了。"他说。

"我已经把故事讲给你了。"

"你是说表达的方式也就是表达的内容?"

"我相信你。"

"好吧!我再试写一段。"

如果有这样的合作关系该多好!我心驰神往地想,像一个人一样。我的生活从此变了,变得不仅简单,而且机械。我被一种莫可名状的力量驱使着,日复一日地在大街小巷里寻找他。半年过去了,他的容貌在我的脑海里逐渐变得模糊不堪。黄昏的时刻,我常常觉得他影影绰绰地在我前面飞快地走着,而我在后面不停地追着,却无论如何追赶不上。他总是神不知鬼不觉地突然消失。当初,他被世界上最了不起、又是最可怕的那条欲望流卷走的时候,我就预感到他永远不再回来,如今看来,预感将要变为现实了。有时,我不禁怀疑他是否真的存在,抑或是我的一种幻觉;而且,假如他确实存在,我想,他与我所追寻的人是否是同一的呢?我不知道。

一个雨雪交加的黄昏,经过一整天的街头踯躅徘徊,我已经疲倦不堪,一边站在电车站牌下等待回家的电车,一边悲苦地思考着自身的不幸。突然,在我抬头的一刹那,我觉得我看见了他。他从"艺林书屋"出来,穿着一件短雨衣,遮了头,徒步向繁华闹市走去。起初,我担心认错人,便一直悄悄尾随他。他疾步走进大百货商店,蓦地回转头,似乎察看是否有人盯在他的背后,接着,摘掉雨衣帽。我在门外看得逼真,差一点叫出声来。果然是他!我飞快地在自行车流的缝隙中穿过大街,挤进大百货商店,却发现他已经消失得无影无踪。商店的每一个角落都聚满了人。我透过宽敞的大玻璃窗向外边望去,然后,在人群中穿插着上了二层楼,再上三层楼、四层楼,均不见他的人影。我怏怏不乐地下得楼来,出了商店,站在门口,想着下一步应该怎么做,却也巧,远远看见他在一个小摊贩的地摊上买东西。我迫不及待地喊了一声,他似乎并没有听见,或者充耳不闻,付了钱给小贩,转身走向电车站牌。

天已经暗下来,雨夹着稀疏的雪花从铅灰色的空中飘落,地上一片令人发愁的湿漉。我又喊叫一声,试图吸引他的注意,然而失败了。他已经站在电车站牌下。我真想一步跨越这许多人,这许多车,以及眼前这条闹哄哄的街,抓住他,以免在天黑之后,他再一次从我的视线消失,使我几个月来的辛苦付之东流。

外婆说我要成大气候的话终于没有兑现。有时,我想起这事,心中自然免不了懊丧,却也不是难过得寻死寻活,像威胁丈夫、要用头顶撞墙的悍妇。毕竟岁数大了些,经验长了些,举止就敛了些。如今应该考虑的是,余下这二十年怎么过。粗略计算一下,人生七十年、掐头去尾二十五年不成熟和烂熟的时光,便剩四十五年;又要减去三分之一睡觉的时间,只剩三十年。这三十年精华当中,又得抛去婚丧嫁娶等闲散之事十年,所剩只有二十年。短短二十年,在宇宙中,只是眨眼的工夫。一个人在这眨眼的二十年当中能干点什么呢?为什么一个人在如此暂短的生存时间内还要制造并排解众多的是非呢?为什么人人非要活得那样复杂困难,而不是简单愉快呢?……

电车从我面前飞驰而过,停在他的身边。我看见两条细长的腿登上电车,然后,听到气门哧地关上。车启动了,他被载走了,又一辆电车驶来。我飞奔到车站,上了车,把头伸出窗外,恰好看见他乘坐的那辆车消失在转弯处。

"下一站,人民公园。"售票员播报道,"上车没有买票的乘客,请买票。"

"终点!"我说,把钱递过去。

天完全黑了。我目不转睛地盯视着前面那辆电车的停站和启动,他始终没有下车。我靠着车门站立,准备随时在他下车的地方下车。路灯不知什么时候亮了,昏黄的灯光像几柱浑浊的河水倾泻下来;电车走走停停，像在这浑浊的河水里游动。售票员预报了前方的终点站。前面那辆车已经停下来，车厢的灯亮起，乘客鱼贯下车。我看见他最后一个下车，好像故意拖延时间。在等我？我庆幸地想。当我乘坐的电车终于停靠在路边时，他已经沿着漆黑的柏油路走出十几米远。我头一个跳下车来，呼喊了一声。他径直走着，并不回头。我奔跑起来，啪嗒啪嗒的脚步声在空气中回荡。突然，他好像在我眼前消失了。我惊奇地揉揉眼睛，才看见他仍然在十几米之外，给了我一个背影。我加快速度。他走进一个铁栅栏大院，时而消失在黑暗中，时而出现在灯光下。我穷追不舍，却总是与他拉开一段距离。他终于停了步，在一幢大楼前驻足片刻，然后走进最右边的那个单元里。我接踵而至。他在爬楼梯。大概在五层，有人敲门，门开了，接着是保险锁碰撞的声音。当我气喘吁吁地爬上五层楼梯的时候，哪里还见半个人影！我想我的面孔一定涨得通红。我气急败坏地伸出手臂，在一扇咖啡色的门上疯狂地擂起来。隔壁的门开了，一个女人探出头。我又使劲擂了一下。

"怎么，忘记带钥匙了？"女人以关切的口吻问道。

我怔住了。

"你的窗户开着吗？如果开着，你可以从我们家的阳台上爬过去。"女人又说，同样温柔的口吻。

我彻底清醒过来，连忙应道："呵，谢谢！不用了。我再找找看，没准儿在我身上。呵，谢谢你！"

女人客气地笑笑，关了门。楼梯上又恢复了寂静。

我深深吸口气，从衣兜里摸出钥匙，打开门，步履艰难地走进房间,然后,拧亮灯,站在衣柜的长镜前面一动不动地凝视着自己。这是一张消瘦的面孔,薄薄的嘴唇,高高的鼻梁,一副黑框眼镜后面隐藏着一对胆怯的眼,脑顶的头发已经寥寥可数,即使最坚毅的时刻,仍然透露着几分闪烁不定的神态。他是谁?我自问着。忽然,我发现镜子中的这个人一点儿都不可爱。他耗费了那么多时间和精力,追寻别人为他写自传,以可悲的失败而告终。他为什么要写自传?他为什么要别人替他写自传?实际上,他终于意识到,在追寻那个为他写自传的人的过程中,他已经完成了一部自传。

　　我为自己倒了一杯酒,踱步到阳台上,想想刚才的事,好像悟到了什么。天上地下的星星灯火在我周围闪烁着,我举起酒杯,杯壁上映出一个破碎的世界。

　　"干杯!"我对那个世界说,"明天我要按照自己的形象,把你们拼凑组合起来。"

升华

那时，我在乡下当知青。

大家都说老康是个人才。他毕业于西南联大，听过闻一多的课，闹过学潮，蹲过班房，后来，在重庆参加革命。新中国成立后，他在外交部任职，出使东欧，做到一等秘书，精通俄、英、法三种外语。他的这些光荣历史是人们陆续讲给我听的，而且是带着神秘的笑容讲的。我从未把它们当真，因为只要见老康一面，你一切都会明白。况且，老康既然有这些令人咋舌的经历，为什么又落到这般田地却无人谈起？想必是大家把别人的好事加在他头上，拿他取笑罢了。

老康长得一点都不挺拔，瘦小的身材，干皱的脸庞，一双眼睛永远眯成一条缝，嘴一咧，满脸的愁苦相。这样一副尊容看上去既不灵秀，也不活跃，想不出当初他是怎样做外交工作的。

老康从不跟人聊天，大概由于清高，地头小憩时，他总是找一块背人的地方，蹲着吸烟。没有人知道他吸什么烟，想必是优质上品，远远闻见,一阵阵的清香,叫人馋涎欲滴。他既然从不跟人聊天,也就从不跟人分享。人们忌妒他的时候,便向他扔土坷垃,搅他的清兴。这时,老康总是缓慢地站起身,脊背冲着人们,走几步,挪到远一点的地方蹲下来,继续享受他的香烟。有时,我觉得老康过于忍让,别人对他不恭,他居然一丝反抗的表示都没有。忍让过分,就不成其为宽宏大量,而是软弱无能了。我实在同情他,便走到他身边,劝道:

"老康,你怎么总是独自个儿待着?跟大伙凑凑热闹呗!"

这日阳光正好,春节刚过,天气仍然寒气袭人。老康脱了棉袄,松了棉裤,盘腿坐在渠堰背后的避风处,光着脊梁,吊着脖子,正用心抓虱子。他并不搭理我,把棉袄的一只袖子由里朝外翻出来,沿着袖筒上细密的针脚一点点地寻找;找到了,便用两只大拇指的指甲盖把虱子夹死,哔啵的声音蛮清脆。不一阵,老康的两只大拇指指甲盖上就染得血迹斑斑。

我也坐下来,面对老康,看他聚精会神的模样,俨然像个叠积木的小孩儿,心里便乐,说:

"老康,你就这么坐着别动,我给你画张速写。"

话音未落,老康就直了腰,穿上棉袄,把两扇前襟裹紧,一丈长短的黑布带在腰间绕了几匝,连同棉裤高高的裤腰一起扎了,系个结,然后从布兜里掏出一张两寸见长、半寸见宽的纸头,一手又在另一只布兜里拧了拧,拧出一撮烟丝,撒在纸头上,一折一叠一卷,舔了点唾沫粘好,咬掉一头多余的纸丁,擦了火柴点燃。于是,我闻到一股甜甜的清香,心里就称赞老康自己卷烟的功夫已臻出神入化的境界。

我把速写本垫在膝盖上画起来。老康见我画,故意将身子一侧,若

○
○

有两种升华，一种是看得见前路的升华，一种是无言以对的升华。

无其事地吸烟,好像根本不把我放在眼里。我迅速地勾了几笔,只有极简单的几条线。画毕,签了名和年月日,撕下来递给老康。老康接了画,扫一眼,出乎意料地问:

"你学画几年了?"

"三年。"

"嗯,还算不错。"

我谦逊地笑笑,说:"原来你也懂点儿画!"

他并不作答,继续问:"临摹过名家的画吗?"

"学过一点儿徐悲鸿。"

"听说过米开朗琪罗吗?"

我一怔,这名字听起来拗口,长得奇怪,又有"琪罗"在后,一定是个外国人。老康能随口说出这样一个名字,令人极为吃惊。然而,我又不想被唬住,就绞尽脑汁地想了几回,竟然唤不起任何印象。焦急中,我灵机一动,暗忖既然谈论绘画,想必这个名字与绘画有关,便支吾着说:

"是不是那个……画家?"

"雕塑家。"他更正道,"看过他的雕塑画集吗?"

我摇摇头。

"我有,但不能借给你,"老康沉默许久,终于说,"你可以到我家来看。"

"什么时候?"我简直受宠若惊。

"有空你就来。晚上来。记住,晚上来。"

"为什么?"

他不耐烦地摆摆手，不再作声。

老康住在村子中央一幢古旧森严的高墙深院的背后，门庭朝北，极为僻静。据说，这片宅第是老康祖上留下来的。老康的曾祖辈在河套一带做粮食生意，发了财，盖起这青砖瓦房。竣工时，大宴四方宾客，炮仗鸣放三日不歇，轰动方圆几十里，是当地一件大事。我想这故事里应该掺杂了不少传奇色彩，未必要全信，然而，见过这建筑的人不能不为之肃然。龙檐凤脊、画梁雕栋且不说，只是城堞般的围墙便够人仰目。屋顶上修有一座瞭望楼，站在上面，你一定会有"一览众山小"的感觉，也一定会心潮激荡，涌出几分豪迈之气。前门的门板漆成黑色，嵌着黄铜的门环和门钉，四角用饰着饕餮纹的角铁包了，死沉死沉，关时一声巨响，惊天动地。门前有左右两只石狮，怒目圆睁，是中国人古老的避邪手段，也是显示威武强盛的标志。老康住的地方原本也从大门出入，现在通道被一壁墙堵死，于是，只好绕道走进一条几丈深的黑胡同，拐几个弯，才能到达老康的低矮房檐。这里人迹罕见，偏僻是原因之一，另一个更重要的原因怕是由于老康对门三五步的那座旧宅。很久前旧宅里曾住过一对年轻夫妇，一夜间，这对夫妇双双夭折。人们说，从此宅内常常闹鬼。有胆大者试图长住，终被吓走。宅子遗弃多年，无人涉足，于是，变得更加神秘可怖。老康如今挤在这样一个旮旯里，跟祖上当年的阔绰排场比较，显得实在寒碜不堪。他大概也不清楚谁败落了这个家，又怎样败落了这个家。恐怕这并不是一个人、一代人能够明白的事情。

我敲了好一阵的门，老康终于在门内喝问一声。我通报了姓名。他拉开一扇门，让我进去。屋里热气腾腾，炕炉上烧着一铁锅开水，老康挽着袖子正在做饭。

"吃什么好饭？"我讪讪地问。

"红面剔尖（山西方言。红面，高粱面；剔尖，一种短而粗的面条）。"老康平淡地说，"吃不吃？"

"不吃。"

"我可是掺了不少好面（山西方言，这里指面粉）。"

"不用客气，我刚吃过。"

老康也不再劝，伸手从面盆里拽了一团面，平平地贴在巴掌大的一块木板上，右手拈起一根筷子，在凉水锅里蘸了一下，就嚓嚓地剔起来，剔得飞快。剔完了，盖上锅，煮了片刻，用笊篱捞在一个粗瓷碗内，搅些葱花调料，就呼啦呼啦地吃起来。不到半支烟的功夫，老康吃完了，舔舔嘴唇，又舀了半碗面汤蹾在锅台上，等着晾凉了喝。然后，迅速卷支烟，深深吸一口，半闭着眼睛，似乎在想心事。

"你这屋里短个老婆。"我试着跟老康说话。

老康沉默不答。我觉得尴尬，就闭了嘴，乖觉地守在一旁。

过了不知多久，老康终于吸完烟，又喝完了面汤，悠悠地站起身，走到一个大米瓮前，探进一条胳膊，摸了摸，摸出一包东西，然后，摊在炕上。那东西用塑料布和旧报纸裹了几层，老康一一打开，一摞书就出现在眼前。老康抽出最底下的那一本，递给我。

"这就是。"他简略地说。

我知道自己拿着一本画册。画册很大，一尺见方，硬硬的封面封底，与我以往所见过的书或画集颇不相同。我翻开第一页，一排排大小不同的洋文的下方有几个中文字，我倒是认识：

"——康喆一九五〇年六月购于意大利罗马。"

"什么？你去过意大利？"我惊叫起来。

我的双眼贪婪地搜索着眼前这个貌不扬、行不奇的老头儿，急切地想从他那张刻板淡漠的面孔上，从他那两只躲闪的眼睛里，寻找出一个外交官的形象。倏地，我发现老康的眼睛里似乎闪过一丝兴奋的光芒。然而，那光芒瞬间便消失了。

"看画吧！"他沉郁地说。

忽然间，我感觉到了什么，看画的心思倒变得不甚强烈了，直想和老康聊一聊。但是，老康的一副拒人千里之外的神态使我欲言又止。最终，我还是禁不住好奇心的怂恿，鼓足勇气问道：

"老康，你真的当过外交官？"

"看画吧！"老康说。

我想我应该知趣一些，就不再追问，捧了画册一页页地翻阅。画册并不厚，又有许多的文字，不一阵我便看完了。

"呵，还不错。"我顺嘴说着，把画册递给老康。

"怎么不错？"老康翻我一眼。

我一时语塞，想了想，说："人体比例抓得挺准，基本功不错。"

老康冷笑两声，说："你什么都没看到。"

这话令人恼火。

"其实，我更喜欢山水，"我赌气地说，"虚实兼有，情景并重。"

"不要自以为是。"老康以教训的口吻说。

我觉得老康的语气盛气凌人。

"你应该看到这些雕像身上显示出来的力量，"他提高声音说，"看到每一块肌肉所表现出来的抗争精神。痛苦的抗争,却是伟大的艺术,伟大的人格。艺术就是这么创造的,人生就是这么创造的。明白了吗?"

我愣愣地看着老康,发现他变得异常激动。我不知如何得罪了他,使他如此动容,想说几句和解的话,却又觉得无从说起,便忐忑不安地等待着,像等待判决。

老康似乎意识到自己的口气过于直硬,大概怕我难以消受,便住了口,走到屋角,从荆篮里摸出两个橙色的柿子,塞在我的手里。

"没什么东西招待你,"他说,"这柿子是熟透了的。"

我感到两眼发涩,不知由于觉得受了委屈,还是由于被老康的行为所感动,低头看看两只柿子,却没有吃的欲望,便把它们攥在手心里,玩那个软劲儿。

"你还年轻,"隔了一阵,老康说,"机会还多。只要你肯学,就会有成功的一天。"

"我从未想过我会出什么人头地。"

"我说的成功并不是指出人头地,而是指你在绘画的过程中找到一种表达或创造自身的途径;同时,在这种表达或创造中,你又注定要忘却自身,产生一种与整个存在融为一体的感受。一幅画不能仅仅是一座山、一条河或一个人,它应该成为画家思想、情操和性格的汇集,还应该揭示人的终极感,以及为摆脱终极感而显示出来的精神力量。"

我似懂非懂地听着,莫名其妙地感到激动起来。

"这些话现在你也许不太明白,"老康又说,"但是,十年、二十年之后,我相信你会明白的,一定会明白的。"

在昏暗的煤油灯下,我发现,老康的眼睛圆睁着,比平时放大了许多倍,炯炯地闪着逼人的光。这时,我才意识到自己兴奋的原因,是老康推心置腹,把我当作了知己对待。突然间,我觉得一扇门被打开了,门内透散出一丝神秘的气息,于是,我的心为之怦然而跳。

当我告辞的时候,老康又借给我两本文学小丛书,一本是《热爱生命》,另一本是《嘉尔曼》,并且答应把米开朗琪罗的生平翻译成中文让我阅读。

"你来找我的事不能告诉旁人,"老康叮嘱道,"更不要说书是我借给你的。如果你连这一点都不能保证……"

余下的话他没有说出来,不过,我已经意会到了。

隔了几天,村里就闹起"春耕大会战",村西头的那片麦田里搭了一座草席棚,当作会战的指挥部。高音喇叭不停地播放革命歌曲,渠堰地垄上每隔三五步就插一面鲜红的旗帜。会战开始的那一天,全村的男女劳力聚集在草席棚前,听大队党支部书记李德廉作动员报告。报告结束后,便进行批判坏分子的仪式,以此激励春耕的士气。

坏分子们被一个个牵上台来,低首弓腰,立在众人面前。他们的胸襟上挂着纸牌,纸牌上写明他们的名字和身份。当我的目光扫过一面面硕大的纸牌时,我就惊吓得出了一身冷汗。是他!是老康!在末尾那块纸牌上,黑字白底,极其醒目地写着:大右派、特务、历史反革命——康喆。我首先感到震惊,接着,便是迷惑,再接着,就觉得受到瞒哄。我不禁想起人们讲述的关于老康的那些故事。在他叮嘱我保守秘密的时候,我似乎已经嗅出他的处境不佳,却始终未曾料到他生活得如此战战兢兢,不知所终。倘若我和他的交往不慎泄露,为人利用,他一定会被当作教唆犯而受到惩罚。我不知道他为什么冒这样的风险,更不知道他为什么选中我做他的"教唆"对象。

当晚,我来到老康家里,发现他的精神依然恬淡自若,不卑不亢,并没有受折辱后的消沉和悲愤。蓦地,我感到一阵烦躁不安,早先想好的许多问题竟一个也问不出口,于是呆呆地坐在炕沿上,低头盯着自己的脚尖。老康大概看出气氛有些别扭,咳了一声,开口说道:

"今天的事你都看见了?"

我"嗯"着应了一声。

"本来想再过一些时日说给你听,现在看来,不得不提前了。"他停顿片刻,继续说,"你不必害怕加在我头上的那些罪名。事情说起来简单荒唐,你知道我这个右派是怎么当的吗?"

我抬起头。

老康卷了一支烟,燃着,深吸一口,悠悠地说:"那年,我从保加利亚回国休假,正赶上反右高潮。我记得那天是星期一,东欧司副司长找我谈话。他说:'反右是当前最重要、最迫切的任务,我们外交部已经定了几个右派。上级领导很关心我们东欧司的工作,给我们分配了一个右派名额。你历来工作勤恳,任劳任怨,所以,这个名额决定给你,相信你能够出色地完成党赋予的任务。'当时,我根本不清楚右派是怎么回事,就稀里糊涂地答应了,心想既然是任务,又有名额分配,一定是于党于国有益的事情。谁知……"

"这……这……"我张口结舌地说,"这可能吗?"

"说来你必然不信,"老康自嘲地说,"这便是我当右派分子的全部经过。嘻,生活中荒诞不经的事情又岂止这些呢!"

"之后呢?"

"之后就是离婚、发配、批斗、劳改。"

"你这一生不是毁掉了吗！"

"是啊！当时我苦闷极了，心中的冤屈无处可诉。过了一段时间，稍微想开一些，觉得自己的忠实和愚蠢有此报应也算不错。几年之后再想，就发现当右派也有益处，起码学到不少东西。要知道，这些东西在正常情况下是学不到的。"

"你为什么不上诉？"

"上诉什么？"

"上诉你不是右派。"

"他们会说你企图翻案，罪加一等。"

"那么，你就白白忍受这许多年？"

"不忍受又怎么样？"老康反问道，"看问题有时不能单一化，要换个角度。谁也不愿经受痛苦，可是，一旦落入痛苦的陷阱，就不应该自甘毁弃。痛苦不仅修炼人的意志和品格，它还是一切伟大和崇高的起源。所有伟大的艺术家，连同他们伟大的艺术，都是在与痛苦的抗争中脱胎而出的。米开朗琪罗正是一例。你从大城市插队到这个偏僻乡村，痛苦吗？当然痛苦。像你这样年纪的年轻人，应该读大学才是，而你却在泥土里浪费青春年华。怎么办？你仍然要活下去，对不对？不但活下去，而且活得要像一条汉子。那么，唯一的出路就是在痛苦中升华。在痛苦中痛苦下去，是没有出息的。"

"痛苦中升华，痛苦中痛苦……"

我默默地重复着老康的话。然而，那时，岁月还没有赋予我理解那些话的能力。什么是升华？怎样升华？难道多读几本书、多画几幅画就是升华?难道只有痛苦才能孕育升华?为什么不能愉快地读书作画,为什么不能幸福地升华?我的脑中充满了这些孩子气的问题,想问老康,又担心言多烦人,就一一压在肚里,等以后慢慢消化。

这个消化过程极其漫长,我用了整整十五年的时间反刍咀嚼,然而,老康,连同老康的问题,仍像一块沉甸甸的石头,压在心上。我认为还是老康最有权力解释他自己和由他而生的那些问题。

自从我考上大学,离开农村,就没有再和老康联系,不知他是否还活在人世。十五年当中,我的生活发生很大变化。大学毕业后,我被分配到报社当记者。不久,我结了婚,两年后,生了一个孩子。一切似乎都沿着平静正常的轨道行进。如果没有什么特殊情况发生,我注定要在半睡眠的精神状态下生活下去,直至终老。

然而,人事确实难以逆料。有一天,我在报社信访处看见一位老人,其举止相貌与老康极为相似。我的宁静的生活中终于生出一片涟漪,思念老康的情绪随着这片涟漪慢慢地扩展开来。老康曾经引用白居易的两句诗来描述我和他的关系,如今,那两句诗不断地在耳畔念诵。梦中,我竟然又玩捏起老康给我的那两只熟透的柿子。我对报社的领导说,我以前插队的地方乡镇企业搞得颇有起色,我计划去做一次采访,而后写专题报道。我的打算得到上司的支持。两天之后,我亲别妻儿,动身了。

去很远的路,重访旧地,身临其境地观照自己的历史,我觉得生活给予我这样一个机会,是对我的偏爱。也许,所谓的升华不过如此罢了。老康得到这样一个机会了吗?我的忠厚朴实的农民兄弟姊妹得到这样一个机会了吗？还有这个村落呢？一切似乎没有多大变化。街仍然是那条街，房仍然是那些房，人仍然是那拨人。只是多了些孩子，少了些老人。顿时，我担忧起来，担忧老康也包括在少了的老人之列，便急匆匆地钻进那条几丈深的胡同，七转八拐，叩那低矮的木门。叩了一阵，不见人应，我禁不住伤感起来，就坐在门前的石阶上难过，不觉中，心里竟默诵了一遍《陋室铭》。坐了不知多久，想了不知多少，我忽然听见脚步声，立即警觉地站起身。来者是一位高个子年轻人，衣着神态俨然像个外乡人。

"请问，你找谁？"

"找老康。"

"老康？"

"康喆。你认识吗？"

"他是我父亲。"

"他是你父亲？"

"是的。"

"他……"

"买东西去了，一阵儿就回来。"

我兴奋地差点叫出声来，老康仍然活着！这时，我才意识到自己光想着老康，竟怠慢了眼前这位信使，便伸出右手，报了自己的姓名和身份。他同样自我介绍一番。我们开始聊天，话题自然离不开老康。我从老康的儿子口中获悉，老康共有两个儿子，他被打成右派后，妻子遂与他离婚。当然，此中的曲折外人不得而知。后来，老康被遣返原籍强迫劳动改造，他的妻子又嫁给了一位军人，合家搬迁到沈阳。从此，双方中断联系。

"直到最近几年，"老康的儿子说，"我们才又开始互通音讯。"

"那是在你父亲的右派问题得到平反之后，对吗？"

"对。"

我感到黯然。

"我父亲拿着一大笔补发的工资，北上沈阳，找到我们母子三人。然后，我就陪他周游全国，补偿他的夙愿。"

"这些年来，你父亲活得不容易啊！"

"我明白你的意思。"老康的儿子郁郁地说，"他见到我们母子三人后，泪流满面，半晌，才说了一句：'大家平平安安就好！'其实，与我母亲离婚的要求是他先提出来的。还不都是为了他们的孩子不再遭罪！"

我想了想，觉得老康的妻子这些年来同样活得不容易，自己一时冲动，误解了他们母子，心中便生出一丝歉意。于是，赶忙岔开话题，找些别的事情说。

忽然，我听到脚步声，料想是老康回来了，就感到激动不已。我们俩人都住了口，等待老康出现。然而，那脚步声从胡同里远远传来，缓慢滞重，听者会以为那步履仿佛跋涉了几个世纪，穿越了几朝历史。

老康终于出现了，拄着手杖，微驼着背，迈着碎小的步子向我们走来。我迫不及待地迎上前去，叫道：

"老康，你好！"

老康抬起头，注视我良久，没有说话。我注意到，他的头发全白了，还注意到，他的眼角淌着浑浊的泪。老康老了！

"老康，认不出我了吗？同是天涯沦落人，相逢何必曾相识。"

老康恍然大悟，呵呵笑了，用手掌拍拍脑门，说："你变得厉害。果然士别三日，刮目相看。"

老康为我和他儿子又做了一次相互介绍，然后把我让进屋。屋里的陈设没什么变化。一条炕占了三分之一的空间，左侧一个炕炉，右侧一个卧柜，对面四只半人高的瓮子，其中之一曾是老康藏匿米开朗琪罗的地方。老康脱了鞋，在炕上盘腿坐定，点燃一支烟。我又闻到我所熟悉的幽幽的清香。老康的儿子烧了水，泡了三杯茶。我们一边喝茶，一边聊天。老康询问过我的近况后，便谈起他这几个月来的旅行生活。他游历了不少地方，走访了不少老相识，当然，也重温了不少往事。往事仍然那么熟悉，老相识却变得陌生了，有些人甚至变得十分势利。老康能够理解他们的处境，反省一下，倒是觉得自己缺少阿Q精神，于是，就聪明起来，在脸上死死地结一个微笑，之后，道路便顺畅许多，来去皆受欢迎。老康讲着故事，饮着茶，精神极好。我坐在炕沿上，陪他谈笑，心中却颇不平静，想问老康那些问题，又怕搅了愉快的气氛；犹豫许久，考虑自己正是为那些问题而来，不问岂不空跑一趟，就清清嗓子，说道：

"老康，还记得你以前说过的关于升华的事吗？"

"当然记得。"

"你觉得，"我故意停顿一下，察看老康的脸色是否有不悦的迹象，"你，或者我，现在算是达到升华的境界了吗？"

老康沉默了。我有些后悔，便装作不以为意地说：

"嘿，我随便问问而已，你不必那么认真。"

老康笑了笑，说："这么多年了，你还想着这事，能是'随便问问'

吗？我知道你的心，可是，说实话，我真不知道如何回答你。不瞒你说，我从来没有彻底地想过什么叫升华，怎么衡量升华。那时，我说的升华，不过是减轻痛苦的一种方式而已。谁知道呢！也许，升华是一种永无止境的自我安慰的过程，它总是陪伴着痛苦。如果你觉得自己幸福，就用不着升华了，是不是啊！"

"别听我爸瞎扯，"老康的儿子插嘴道，"他书生气太浓。"

"没你的事。"老康不满地说，"升华是纯精神的，不能以物质标准来衡量。并不是因为你我的社会地位变了，我们就升华了，而是因为你我达到了生命的更高一层意识。"

我沉思起来。

生命的更高一层意识？意识到什么？意识到代替青春欢乐的是痛苦和悲伤？老康用了一生中最珍贵的二十年才意识到这样一个意识，我比他幸运，却也是五十步笑百步而已。我想跟老康说，我们宁可不要这种意义上的升华，难道我们不是生就有愉快和幸福的权利吗？老康会怎么说呢？我已经猜到了。他会说，我们生在一个多灾多难的时间和空间里。这是纯粹的偶然性。也就是说，这是命运。

傍晚，我们吃过晚饭后，老康挽留我住一宿，我谢绝了。临分别时，他把那本珍藏已久的米开朗琪罗画册送给我作纪念。我觉得两眼热辣辣的。我知道，与老康这一别怕是阴分阳割、隔界相望了。老康把画册交给我保存，就好像把魂灵交给我保存一样，其含义是不言而喻的。

采访完毕，回到家里，我把画册压在一只书箱的底层。我不想让人看见它，因为我不想重提关于升华的事，更不想做任何解释。我需要自己的生活。

　　一个多月后,老康的儿子写信来说,老康不久前因心力衰竭,溘然长逝。当然,我想,这也是纯粹的偶然性。

寻人启事

阴历八月十五,阿姨从北京寄来父亲的一箱遗物。

妻子说:"阿姨瞅这个时辰寄来,用心可谓良苦。"

我开玩笑说:"你们女人总是向着女人。"

"她也希望你们父子尽释前嫌。"

"她也希望我们谅解她。"

"这有什么不对吗?"

我想起母亲。

"事情过去这么久了,"妻子继续说,"人都也去了,干吗还耿耿于怀!"

肯定她,自然否定母亲,我心里说。

"况且,究竟是怎么回事儿,你实际上根本不清楚。"

我觉得妻子啰唆,就不对答,拿一把剪刀剪了包装绳,打开纸箱。

纸箱里的东西不多,很快就被我清点一遍:一套"马恩选集",一只旧怀表，一个缎面笔记本，还有三册《约翰·克利斯朵夫》。父亲交给我这些东西的用意我顿时猜到了，却仍然希望找到只言片语的遗嘱，好让心里踏实。

遗嘱终于没有找到。然而，在缎面笔记本里，我发现一张从报纸上剪裁下来的寻人启事。启事剪自何处，无从知晓，方方正正一块，陈旧的黄，左上角有钢笔写的斜斜一排字："一九五六年十月十八日"，右下角有一张小照，却早已模糊得无法辨认。启事的内容如下：

> 陈济，男，二十岁，身高一米七八，学生模样，梳偏分头，戴白角质镜框眼镜，面容消瘦，五官端正，下颚有条寸把长伤疤，走路驼背，声音洪亮，带有浓重淮北口音。失踪时，身穿灰咔叽中山装。发现此人者，请转告朱秀兰，定有重谢。
>
> 联系地址：陕西省榆林县马家坪乡牛家坡村。

我把这段文字从头至尾读了两遍，觉得很迷惑。

妻子也读了一遍，说："描述的这个人像你父亲。"

"胡扯什么呀！"我埋怨道。

"这里一定有点儿名堂，"妻子说，"否则你父亲为什么保存它？"

父亲为什么保存它？我暗自思量。莫非他真的失踪过？但是，姓名不相符，而且年龄也有问题。父亲1925年出生，1956年的时候，怎么可能才二十岁呢？还有这个叫朱秀兰的人，她是谁？难道她是一位像阿姨一样的人物？那么，阿姨便重蹈了母亲的覆辙。然而，阿姨没有，她和父亲共同生活了二十年。马家坪乡牛家坡村又在哪儿？从未听父亲提及

○
○

谁对谁错，让真相来判别，确是一种残酷。

呀。但是,假如父亲在很久很久以前的马家坪乡牛家坡村真的有过一个同衾共枕的人呢?不会的,也不可能。因为父亲在那片土地上认识了母亲,并和她结了婚。

我感到茫然:明知道父亲绝不会无缘无故地保存这张寻人启事,却极不希望他与此事有任何瓜葛。父亲毕竟还是父亲,我虽然对他积怨不少,但是实在不愿看到他的名声再蒙一层污垢。于是,我又想:这个叫陈济的人也许是父亲的亲朋好友,父亲保存这张启事是为了纪念他。然而,我再想,父亲一向细心谨慎,既然这个纪念独属于他,我为什么会得到他的遗赠?莫非启事跟我也有牵连?我感到越来越迷惘,迷惘之中,隐约又觉得这张寻人启事背后潜伏着一个值得挖掘的秘密。

这一夜,我时睡时醒,做了一些稀奇古怪的梦。梦中听到了什么,也见到了什么,睁眼后,却无法记起。望着窗外熹微的晨光,心里便不住感叹:天亮了!天亮了!我的生活中竟没由来地多了两个不相干的名字!

这两个名字直搅得我几日烦躁不堪。妻子见我一副神不守舍的样子,劝道:

"你何必自己折磨自己!"

我苦笑着说:"人就是这么贱,不知道的时候,想知道;知道了,又觉得还是不知道的好。"

"你不妨给阿姨写信,问问怎么回事儿。"

"给她写信?"

"这有什么大惊小怪?"妻子说,"别那么小家子气。"

我想了想,说:"她不一定知道。"

"你怕丢面子,我写。"

"你甭激我。"我笑着说,"你愿写就写吧。"

妻子果然写了一封信。一星期后,我们收到阿姨的回信。信中说,我对她抱有成见是可以理解的,但是,与父亲疏离,甚至结怨,就不应该了。如果她和父亲的结合确实是大错一桩,那么她愿意承担所有的责任。人世间是复杂的,是非往往不能一刀而断,如同切一只腐烂的苹果。对于我来说是错的东西,对于她和父亲也许是正确的。她还说,她这一生只有一件事,每每想起,便觉于心不忍。那就是,作为一个女人,她负我母亲的太多太深。关于寻人启事之事,她写道,她也是第一次听说,不过,她或许能够提供一些线索,只是不知道哪些有用,希望同我面谈。信的结尾又说,她膝下无子女,晚年甚是孤寂,最好我们携带孩子去她处盘桓数日。

阿姨的信写得开诚布公,却掩不住一丝幽怨凄清的情绪游移于字里行间。妻子读后,叹口气,怔怔地说:

"理解一个人不易,谅解一个人就更不易了!"

我动了恻隐之心,说:"我给阿姨回信。今年春节,我们在她那儿过吧。"

妻子不作答。

蓦地,我感到一阵难以消受的尴尬。

数月转瞬即逝。

这一日,我们打点行装,备好礼物,便动身北上。

火车站历来人满为患,逢年过节更挤得水泄不通。在喧嚣与骚动中,一寸寸挨近站口,你会觉得你的精神任何时候都可能崩溃,根本不必谈什么旅行的喜悦。然而，与我的感受恰恰相反，女儿早已兴奋得手舞足蹈，一张小嘴就问出无数个令成人啼笑皆非的问题。孩子永远是我们的一种安慰。我牵着女儿的手，心中油然产生一股舐犊之情。一个人一生中实际上只为几个人活着，我想，其余这许多人难得相干，但是，即使相干的这几个人，随着岁月的流逝，也会变得不相干起来。

火车轰轰轧轧地走了一整夜，次日清晨，到达终点站北京。下了车，妻子便看见阿姨在站台上向车厢里张望。我们迎上去，寒暄几句，阿姨便一手携了妻子，一手携了女儿，向出站口走去。我拎着行李，跟随其后。

阿姨比我上次见到时老多了，头发几乎全部变白。出乎意料的是，她见到我们竟会如此激动。记得父亲病重时，我来探望，也是阿姨接站。那一次，她客气得近乎虚假，我大为反感，于是，心中已有的隔阂更为加深。我和她来到医院，父亲正在睡觉，我们就坐在病房外的长凳上等待，坐了很久也没有说话。我不知道她在想什么，也不知道应该和她谈些什么，想谈谈父亲，却不知从何说起。我自小在舅舅身边长大，倒是不时能读到父亲的信，也短暂地跟父亲生活过，然而，他留给我的陌生感并未因此而消除。

父亲睡了一会儿便醒来，我和阿姨随护士走进病房时，他正想挣扎着坐起。

"感到好些吗？"阿姨问。

父亲惨然一笑，目光扫到我的脸上，嘴唇嗫嚅着："呵，你来了！"

"爸爸！"我叫了一声。

父亲侧头对阿姨说："你回去休息吧。我要向他交代几句。"

阿姨收拾了东西，嘱咐父亲几句，和我打个招呼，然后，轻手轻脚地走出病房。

"坐吧。"父亲说。

我拽把椅子，就在病床边坐了。

父亲喘息片刻，说道："你看到了，我的情况不太妙……"

"爸……"

"听我说。"父亲摆摆手，打断我的话，"我们父子俩从未面对面好好谈过，现在看来，怕是难得有机会了。这是我对不起你的地方……"

父亲停顿片刻。我知道他说话很吃力，就耐心地等着。

"我这一生做了不少好事，也做了不少错事。其实，不说你也明白，这是一个人一生中在所难免的。可是，谈及我和你妈之间的事情，我并不觉得我做得过分……"

我皱皱眉头。

"你大概很为此愤愤不平。"父亲继续说，"古人说，忠孝不能两全。其实，何止忠孝，世上任何事情不能两全。我可能不是个好父亲，但是，我不一定就是个坏丈夫、坏朋友。你觉得我的话有没有道理？"

"我不知道。"我淡淡地说。

"这并不是自我开脱。我和你阿姨所遭受的非议难道还少吗？我们活过来了，连'文化大革命'也活过来了。孩子，我与你妈之间，以及我与你阿姨之间，有许多事情你不可能知道。你为什么一定认为我是这场悲剧的导演，而你母亲是悲剧的角色呢？其实，我们这一辈人身上多多少少都带有一点悲剧的意味。时间的悲剧。所以，希望你不要无穷无尽地责怪阿姨。至于我嘛，你责怪与否，意思都不大了……"

我的心陡然一沉。

"孩子，世间的事情有时并不是一个简单的对错问题。我有句忠告：做人不仅要疾恶如仇，不仅要勇敢，更要仁厚，更要宽容……宽容……"

父亲慢慢从牙缝里挤出最后这两个字。他浑身又开始剧痛，额头渗出细小的汗珠。我递一块毛巾给他擦拭。

"我给你一箱……东西，你……你临走时……带上……"

"什么东西？"

父亲闭上眼睛，不再说话。

两天后，我离开北京时，竟把那箱东西忘在脑后。现在想来，那箱东西多半是阿姨寄来的父亲的遗物。

我们出了北京站，阿姨早要了一辆出租小轿车等在停车场。大家上了车，一路向西，谈笑间，便来到阿姨的住地。阿姨亲热地牵着女儿的手上楼，打开门，一间敞亮的客厅便出现在眼前。阿姨先让我们洗澡，换衣服，然后泡一壶茶，端了糕点，给我们垫垫肚子。坐了一夜的火车，我们早已人困马乏，吃了一点茶，三人躺倒便沉沉睡去。

一觉醒来，已是夕阳西下，女儿兀自酣睡，妻子正在厨房帮助阿姨备饭。我溜达一圈，插不上手，就坐下来随便翻阅报章杂志。不一阵，饭菜备齐。妻子唤醒女儿，四个人欢欢喜喜地坐下来吃饭。阿姨的烹调手艺着实不错，想必父亲后半生口福非浅。我觉得自己的妻子就做不出如此精美的菜肴，尽管她有诸般的优点。

用过饭，撤了盘碗筷匙，又有水果和清茶候上。我喝了一回茶，想到父亲的话，觉得有必要松动一下多年来系结在心头的疙瘩。然而，就在话涌到嘴边的一瞬间，我看见母亲那双充满忧患的眼睛里流出两行泪水，于是，感到一阵揪心的痛。妻子一直在观察我的脸色，当我抬起头的时候，便看到她的目光中含着质询。我以不置可否的目光回答她。

"阿姨，"她唐突地说，"我们有话想跟你说。"

"是吗？"阿姨略显惊奇地问。

我狠狠瞪了妻子一眼。妻子也如法炮制，回瞪一眼。阿姨一定从我们夫妻的对视中瞧出些端倪，轻轻地舒口气，说道：

"今天是我这些年来最愉快的一天。你们远道而来看我，这个举动本身就说明了一切。我很高兴，真的很高兴……"

阿姨的语调有些哽咽。我和妻子都听到了。妻子眼圈一红，险些掉下眼泪，同样哽咽地说：

"阿姨，我们年轻人不懂事，你多原谅。"

阿姨微笑一下，说："我没什么亲人，心里一直把你们当作自己的孩子。当初与你父亲结婚时，我曾和他商量是否要孩子。他因为与你及你母亲有这层关系，不愿再要。我偷偷哭了一场，就同意了。你父亲临终时对我说，他知道我为此做出了多大牺牲。唉，哪个女人不想做母亲！……"

阿姨的声音显得很平静，然而，正因为平静，又显得很遥远，遥远得令人无法企及。我不知道这种平静之下，曾经流淌过多少伤痛的泪水，即使事情的亲历者坐在我面前，向我讲述，我也不可能知道。难道这便是我不肯让步的原因吗？我自嘲地想。

"本来都是些陈年旧事，"阿姨呷口茶，继续说，"既然你们来信问及，我就跟你们说说无妨。难得有今天这样好的场合和心境。"

随即，她讲述了我不愿知道，却又想知道的那些过去的故事：她怎样认识父亲，父亲怎样向她述说家庭的苦恼，俩人怎样由友谊发展成爱慕，父亲怎样与母亲离婚，母亲怎样带我出走。一件件娓娓道来。这是一个极平常的爱情故事。然而，我理解，我们听故事宛如踏进一座旧城的废墟，满眼的残垣瓦砾，而赋予一砖一木以声以色的那些东西，却永远地消失了——那些最精妙、最富有美感的东西，永远地消失了。

一个女人一生中辉煌而骄傲的一页，弹指间，一翻而过。

阿姨讲完她的故事，就静静地坐着，嘴角含着微笑，目光痴痴地凝视一处。

天渐渐黑下来，女儿早已在妻子的怀中睡熟，客厅里无声无息。大家沉默地坐了不知多久，末了，阿姨感慨地说道：

"他是个非常重情重义的人。"

说完，她拧亮落地灯，起身收拾了茶具，走进厨房，洗涤槽中就响起哗哗的流水声。

妻子安顿女儿入睡后，回到客厅。我们再闲聊一阵，便向阿姨道了晚安，进房就寝。我灭了灯，躺在床上，辗转不眠。客厅的灯一直亮着，灯光从门缝渗透进来，煞是刺眼。阿姨坐在客厅里，坐了很久，没有任何动静。

一夜无话。

第二天早晨醒来，我听到女儿在厨房里喋喋不休地说话。阿姨已把早餐做好。我们洗漱用餐，然后，在阿姨的提议下，一行出门，乘几站电车，来到紫竹院。

北京的冬天令人兴味索然，除了几宫几殿四季游人不绝，几湖几园灰灰疏疏,萧条不堪,唯有紫竹院精巧雅致,独具一格,犹胜江南的园林。卵石小径,紫绿细竹,一脱冬日沉闷的气氛,给人清新温暖的感受。

"早晨,我常到这儿打太极拳。"阿姨说,"我非常喜欢这块地方,叫我想起自己的家乡。你看这细竹,竿儿细细的,笔直笔直,竹叶儿在冬天也这么绿,又展又硬,像把锋利的刀。"

霎时,我恍然大悟:阿姨是苏州人。她请我们到这个园子来,不正是想告诉我们她的为人和性格吗?也许我猜错了。直到此时,我觉得我对阿姨才有了一个比较清晰的认识。然而,不幸的是,这种认识将必然地带来沉重的苦闷:母亲的地位在我心中开始动摇了。因为我是在非黑即白、非敌即友的传统道德观念下长大的。如果前辈们的这场纠葛无法归咎于父亲和阿姨,那么,母亲注定要承担可悲的后果。这可能吗?母亲是受害者,是被遗弃的人,是永远不会申辩的冤魂。

"阿姨,"我突然问,"你认识我母亲吗?"

"我们见过几次面。"

"你了解她吗?她是个什么样的人?"

阿姨摇摇头,说:"我没有直接和她打过交道。你父亲曾向我谈起她,对她评价很好,说她热情泼辣,思路敏捷,做事儿干脆利索,深得领导和同事们的赏识和推崇。"

"唉!"我喟叹道,"正因为太聪明、太能干,人才更容易想不开,更容易干傻事儿。"

阿姨望我一眼,悠悠地说:"情之为情,已超越生死界限。如果我是你母亲,说不定也会走相同的路呢!"

卵石小径走到尽头,就看见一条结冰的小河横在面前,沿着河岸有一条水泥板道通向园子深处。妻子和女儿在河面上溜冰,我和阿姨坐在道边的长椅上歇脚。我觉得是时候了,便从衣兜里掏出叠得整齐的寻人启事,塞在阿姨手里。阿姨瞥见一块蜡黄的旧报纸,心中大概立即明白了,就不动声地展开,读起来。读完,叠好,还给我。

"时隔太久了,"她说,"竟没有丝毫的印象。"

我说:"其实,这个时候再问这张启事的来龙去脉,似乎已经意思不大了。我了解到许多事儿,也懂得了许多事儿,心里坦然不少,不像刚来北京时那么战战兢兢了。可是,父亲毕竟把启事留给我,它就跟我牵扯上了。我觉得……"

"我明白。"阿姨插口道。

"我觉得我起码应该弄清楚父亲交给我这东西的寓意。"

"他交给你这东西的寓意,你已经弄清楚了,不是吗?"

我脸一红,不再作声。

阿姨觉察到我的尴尬,微微一笑,说:

"我猜测,这个东西可能是你母亲写的。你父亲有一张年轻时的照片,跟启事中描述的这个人相似之处颇多。你父亲的下颚的确有一块一寸左右的刀伤。至于淮北口音,我不说你也知道。还有,你父亲从来没有跟我提及这张启事,凭我的直觉,这就说明它与你母亲有关。明白吗?"

"这个人果真是父亲,果真是父亲。"我自言自语地说。稍隔片刻,又问:"这两个名字,以及马家坪乡牛家坡村,是怎么回事?"

"我不知道。"阿姨说,"林叔叔也许能告诉你。"

"林叔叔?"

"他与你父母共事多年,还是他们的结婚介绍人呢。以前,他曾追求过你母亲,你母亲却喜欢你父亲……"

"我能见见他吗?"

"当然可以。"阿姨从长椅上站起身,说:"只怕他不肯见你。"

阿姨的话中隐伏着什么,我听出来了。我还听出来,她和林叔叔之间似乎有一种契约。倏地,我的脑海中闪过这样一个念头:也许叫林叔叔的人根本就不存在。我感到这次北京之行已经接近尾声。

阿姨回到家里,便给林叔叔打电话。果然不出所料,林叔叔说身体不好,不愿见客。过两天,他到厦门去疗养,只好下一次再请我到家中吃饭。我丝毫未感到失望。他不愿意见我,自有他的理由,只是这次不见,更不知何时再有机会相识。

在阿姨家里叨扰五天,我和妻子决定启程而归。阿姨仍旧雇一辆出租小轿车,送我们去火车站。在月台上道别时,阿姨恋恋不舍地拉着妻子和女儿的手,眼圈也红了。

妻子说:"阿姨,你如果不嫌弃,就来跟我们一起过算了。"

"不用了。"阿姨说,"我不能离开他独自走掉。"

"他是谁呀,奶奶?"女儿好奇地问。

"他是你爷爷。"

妻子不忍再说下去,抱了女儿,先登上火车。阿姨向她们招招手,转过身对我说:

"有一个人知道得比较详细。我觉得,你回去后,应该问问他才是。"

"舅舅!"我脱口叫了一声。

发车铃响了，阿姨催促我上车。我刚走入车厢坐定，火车便启动了。我把头探出车窗，挥手向阿姨告别，挥了几次，阿姨的身影就变成一个灰点，接着，灰点就与天地融为一体、无分彼此了。

再接着，就是一个颠簸不眠之夜。

翌日上午，我们回到自己的城市。走出车站，硕大的雪花便迎面扑来。长街上行人稀少，一层白绒绒的雪毡早已远远铺去。忽然，我想起"到头来，只落得一片白茫茫大地，真干净"这句话，也许由于它的干扰，竟变得踌躇起来，忖度着是否真有必要去向舅舅请教。我希望能够找到一些客观理由，使我们无法成行，即使成行，也见不着舅舅。比如，大雪一连下个不住，或舅舅出远门了。更荒唐的是，我竟想让自己大病一场。

然而，天不遂愿，大雪纷纷扬扬，只落了一昼夜，我也没有任何不舒服的迹象。第二日，雪霁天晴，我还是搭乘公共汽车去看舅舅，一路惴惴不安。

舅舅永远不会出远门。他总是守在家里，也总是坐在那张转椅上，伏案劳作。他听到背后沉重的脚步声，就转过身来，头一低，两道犀利的目光越过花镜的镜框，冲我射来。

"我已经等你几天了。"他摘掉花镜，说。

"等我？"我紧张地问。

"你动身去北京时，我便料到有今日。"他心照不宣地说，"他们能告诉你的，大概都告诉你了吧！"

我结结实实地吃了当头一棒，惊慌中，想掩饰自己的窘迫，就背过身，脱了呢子大衣，挂在门边的衣帽架上。然后，坐下来，定定神，琢磨着开场白。

"舅妈呢？"

"我收到北京来的一封信，"舅舅并不答话，继续说，"信中要求我做一个代言人。"

我望着舅舅严肃的面孔。

"信中还提到寻人启事的事情。"

我把寻人启事从衣兜里掏出来，一声不响地递给舅舅。舅舅用两指拈起那张陈旧的黄纸块，展开，仔细地读了一回，说：

"我要说的不是这件事。"

"不是？"我迫不及待地问。

"不是。"他肯定地说，"你早已成人，有权利知道有关你母亲的一些事情。你父亲没有来得及告诉你，这个责任就落在我的身上。"

"我母亲的什么事儿？"

舅舅扭过头来，不动声色地盯视着我，似乎想从我的眼睛里挖掘出一种珍贵的古文物，古得与人类的进化史一般漫长。我有点慌张，眼光顿时变得散乱起来。舅舅一定看出我的心理负担，就把眼睛移向别处，默默不语。

"听着，"隔了许久，他终于说，"你母亲当初并非病故，而是服毒自杀……"

"什么？"我大吃一惊。

"也算苍天有眼，不该她命绝……"

我感到口渴如焚。

"她中毒后，经过抢救，活下来了，但全身就此瘫痪，神智失常，变成了一个废人。我们给她找了一所疗养院,她生活得很艰难……"

"她还活着?"

"已经去世了。"

"什么时候?"

"'文化大革命'刚开始……"

"什么?"我霍地站起,叫嚷着,"我父亲,阿姨,还有那个林叔叔想必都知道这回事?"

"是的。"

我的脸色一定非常苍白。我不想再说话。我迫使自己镇静下来。我感到一阵彻骨的寒气突然袭来,冻僵了我的血液。我做好充分的准备去找寻一个秘密,可没想到它刚刚露头,我就被震怒了,我就觉察到这本不是一个秘密,而是一场阴谋。这个世界正是一场阴谋。在我还未出世的时候,阴谋的网已经编织而成。我总要跳进这张网里,也总要在将来的某一天醒来,看清自己的处境,然后,便有苦闷,便有我这与生俱来的苦闷!

"我想抽支烟。"我木然地说。

我站在窗前,一支烟接着一支烟,不住地吞云吐雾,脑子里却剩下一片可怕的空白。我站了不知多久,隐约听到舅舅说了些什么,就把最后一支烟在烟灰缸里使劲拧灭,转过身来。

"我母亲去的时候痛苦吗?"我问。

"我不知道。"

"她是不是经常念叨我?"

"不知道。"

"舅舅,"我突然提高声音,"你知道不知道,你们害了我。"

"你冷静一下,听我说。"舅舅认真地说,"在你年幼,还无法承受和理解这一切的时候,看着一个植物人一般的母亲,你会做何感想?是否会更痛苦,更偏激,更不能制怒?你身边的每一个人都会变成你的仇敌。以仇恨作为生活目的的人是不会有什么好结局的。我们都希望你成为一个正直、乐观、宽容、自强的人。我相信你母亲一定也这么希望。"

"哼,她永远失去了希望的机会。"

"你说的一点不错。可是,你知道为什么吗?因为她性情太高傲,太倔强,对自己的丈夫要求过于苛刻,容不得夫妻间的任何龃龉和不和谐。她只觉得自己已受到莫大的委屈,以致无脸面对世人,却不想想别人也受到同样的、甚至更大的委屈。我不是伍子胥,我是她弟弟,因此才能这样说。倘若那时她稍有宽容之心,事情就不会发展到不可收拾的地步。但是,那时……我们都还年轻。"

我倏地记起父亲曾经对我说过的类似的话。

"你们的口吻都一样,"我愤愤地说,"难道一切过错都归属于我母亲?别人没有丝毫责任?"

"我并没有跟你讨论对错的问题。"舅舅大概注意到我脸上的敌意,不悦地说,"我只不过替我姐姐而感到懊悔。你相信不相信我的话都无所谓。其实,你大可不必拿着这张启事来找我,我也大可不必搬弄如簧之舌说给你听。只是因为我相信你,相信你有足够的勇气和修养面对过去。你仍然感情用事,应该冷静下来考虑考虑。我告诉你这件事并不是想让你感伤和消沉,而是希望你明白一个道理。"

舅舅踱步到窗前,和我比肩而立。

"我是学历史的,"他继续说,"年轻时,初涉猎史书,刺探到生活的一点秘密,就飘飘然起来,借古喻今,针砭时势,臧否人物,觉得好不赏心悦目。直到教了多年书,年纪长了一些之后,才意识到自己完全误解了历史研究。学历史并不是为了同我们的过去开战,争一个谁是谁非,而是为了寻找一条路,与它心平气和地共存。"

我心绪不宁地听着。

"不要孩子气。"舅舅拍拍我的肩膀,亲切地说,"你能使时间倒流吗?如果能,我们就会有一个完全不同的过去,生活就不再有不解的秘密。然而,你不能。木已成舟,无法还原为大树。你说是不是这么一回事?"

"我没想过。"我生硬地说。

"是啊!何止你,大多数人都没想过。"舅舅感慨道,"是炎黄子孙都不能幸免。我们对人对事动辄喜欢下结论,其实,我们自己又懂得多少呢!我们自以为懂得甚多,殊不知,我们知道的这点玩意儿,就像考古挖掘出来的古币、陶瓷、丝帛,总是零零星星的,更多的东西藏在古币、陶瓷、丝帛的背后,随着它们自己的时间和环境,永远地消失了,变成了永恒的秘密。你不知道,我不知道,大家都不知道。既然不知道,就不要下结论,给它们一个存在的机会,人人各得其所,不好吗?"

我明白舅舅在旁敲侧击地开导我。我只想问他一句话:如果你处于我的地位,会怎样做呢?然而,我并不想和他争辩。更确切地说,我没有力气和他理论。我感到一阵从未有过的疲惫和消极,只想独自躲在僻静处,坐一坐,或走一走。

"我想走了,舅舅。"我说。

"我也不多留你。"舅舅说着,把寻人启事还给我,"拿上这个。我知道,你需要时间想一想。

我摇摇头,说:"我只想吃点饭,然后,好好睡一觉。"

我站起身,穿好大衣,围严围巾,迟疑片刻,把想说的最后一句话咽回肚里。

舅舅把我送到楼下。我道过别,缓缓走出一丈距离,忽然听到舅舅在身后大声说:

"忘了告诉你,你母亲从重庆到陕北参加革命时,用的化名叫朱秀兰。"

我停了步,慢慢回过头,向舅舅苦笑一下。

"多谢了,舅舅!"我干巴巴地说。

白雪在我脚下吱吱作响,寒风吹得我的鼻头酸疼。在冷冽的空气中,我渐渐镇静下来。我意识到自己踏上一条人们极少问津的小路。积雪一定要融化,正如落叶一定要腐烂。我不知道以前这条路上走过多少人,也不知道它吸吮过多少雪水和腐叶。多少年来,我们与它们和谐地共同生活,直到有一天,我们自以为是起来,不能忍受它们平等的存在地位,便制造出更多的、不能忍受的秘密。于是,我们的生活变成一团蘸了酒精的乱麻,紊乱并且易燃。其实,我们在说"不能忍受"的时候,已近乎无可奈何,而只有无可奈何才是可忍受的。这些道理我早已明白,只是没有明白得像今天这么透彻,这么痛苦。

我深深吸一口清爽干冷的空气,决定在郊外的农田边走一段路,然后回家。妻子和女儿一定在等我吃晚饭。

奶奶生了八个儿子。父亲排行第二，在村里当生产队大队长。三叔最有出息，官做到副县长。四叔是农民，五叔是农民，六叔还是农民。七叔不愿当农民，学了一点文化，就到村里民办小学教书，业余时间进行泥塑创作，文章写得也不错，曾在省级报刊上发表过作品。八叔是个半农半工的人，拿着农业户口，却跑到大城市参加了建筑工程队，帮助城里人建高楼大厦。父亲和六个叔叔加起来，一共七人，剩下的一个当然是大伯。因为大伯比较特殊，所以我想单独说一说他。

大伯是个瘦高挑儿，头奇特的大，人站在平坦的田野里，就像一穗熟透的麦子，细细的秸，沉沉的果，风一吹，摇摇晃晃，如痴如醉。记得我幼年的时候，大伯只要从街上走过，我们一群邋邋顽童便跟随在他身后，叫嚷耍笑。

"大头脑，大头脑，你姓甚？"

大伯转过身来，嘻嘻一笑，说：

"你猜猜！"

"姓李。"

"哈，猜错了，猜错了。"

"姓甚？"

"姓朱。"

"猪八戒的猪？"

"不是，朱红的朱。"

"你的祖宗是做甚的？"

"你猜猜。"

"是农民。"

"哈，猜错了，猜错了。"

"是甚？"

"是皇帝。"大伯收敛笑容，认真而神秘地说。

我们大笑着一哄而散。

"是皇帝。是皇帝。是皇帝……"大伯呆呆地站在原地，喃喃地念着这三个字，一副惑然不解的神情。

后来，年长一些，我不再跟大家一起戏弄大伯。相反，他只要出现在街上，我便远远躲开，心里为有这样的傻大伯而感到羞耻。有一天，我实在忍不住好奇心的驱使，就问父亲，大伯为什么会是这个模样？没料到，父亲竟勃然大怒。

"闭嘴！"他咆哮着，"以后再瞎问，打烂你的嘴。"

我吓得一哆嗦，突然觉得尿急，又不敢挪动半分，紧张地等待父亲发落。母亲走过来，把父亲劝开。我拔腿跑到村头的池塘边，解开裤子，长长地撒了一泡尿，消了胸中恶气，然后，坐在柳树下，一边打水漂，一边琢磨父亲为什么无端地生气。想来想去，想不出个中缘故，只觉得既然父亲忌讳此事，以后绝口不提便是，省得不明不白挨一顿耳光。

然而，时隔不久，孩童的好奇心又起，我就去问奶奶。

"是我前世修行没到家，"奶奶说，"养了这个呆子。"

说着，奶奶把我拥在怀里，摸摸我的头。

"好在朱家还没有断子绝孙，"她又说，"又出了个像你这样聪明的娃儿。我也算对得起列祖列宗了。"

"奶奶，咱们家不是姓李吗？"

"咱们对外人说姓李。其实，咱们姓朱。"

"为甚姓朱又不姓，偏要说姓李？"

"你还小。等你长大了，奶奶再慢慢告诉你。"

"奶奶告诉我，奶奶告诉我！"我撒娇地嚷着。

忽然，奶奶把我从怀中推开，脸一板，威严地喝道：

"不要瞎缠！"

"谁瞎缠了？"我撅着嘴嘟囔道。

"还敢顶嘴！"奶奶的声音奇响，吓得我全身一紧，"奶奶说以后告诉你，就是以后告诉你。听着，奶奶说过的话要用心记，一句也不能对外人说。要是奶奶知道你跟外人说了，就叫你爹敲断你的腿。你一辈子坐在家里，不能出去玩。听清楚了？好，去吧。"

我们李家的院子很大，一式青砖瓦房。正房三间大屋，东西厢房各两间。南墙根辟了一块地，种些菜蔬。西南角是茅厕，旁边搭一个鸡窝；母亲养了五只鸡，一天能收三四个鸡蛋。东南角种着一棵硕大的枣树，枝叶伸过高高的院墙，遮了街上一片荫。夏天，人们蹲在树荫下乘凉；秋天，孩子们聚在树下，举着长长的木棍打枣。李家的院子在村里颇有名声，一半因为这棵年深日久的枣树，一半因为李家的人丁兴旺。以前，几个叔叔都在的时候，院里相当热闹。后来，他们成年结婚，就搬出去另盖房子、另起炉灶了。现在，院中只有奶奶、大伯和我们一家人。奶奶住一间正房，我们一家住一间正房，大伯住西厢房，其他空房堆满粮食和杂物。平时，院门关得严实，偌大一个院子显得冷清空荡。母亲不准我上街野跑，因此，我常常坐在院中的石凳上，体会冷清空荡的滋味，观看大伯坐在西厢房的窗棂下擦拭农具。不知从何时起，大伯开始负责擦拭全家的农具，一年三百六十五天，天天不间断，镢、锄、镰、锹、耙一字儿靠墙立着，锈了的擦拭得锃亮，锃亮的更加锃亮。其实，这些农具除了大伯之外，已经无人使用。然而，大伯仍旧一件件从头擦来，认真仔细，毫不马虎，直到母亲走到院中，说：

"大哥，吃夜饭了。"

大伯站起身，象征性地掸掸前襟上的尘土，一声不响地走到厨房，母亲就把盛好饭的大碗递到他手里。他还是一声不响地走到西厢房前，坐在石阶上，呼噜呼噜地吃起来。吃完了就抽烟，抽到天擦黑，然后回房睡觉。第二天清晨，大伯挑两只大桶，把全家的水缸都挑满，接着下地干活，半上午回来吃早饭，吃过早饭又走。日头正午，回来歇晌，吃午饭。村里人照顾他，吃过午饭，就不用再下地了。正因为如此，他才有整整一个下午的时间坐在石阶上，擦拭那些早已明亮如镜的农具。

大伯没有儿女，因为他没有娶妻。我不知道奶奶是否曾经给他张罗过亲事。村里人都说，傻子生的孩子更傻，也许，这就是大伯孤身一人的原因。随着年岁的增长,我渐渐滋生了对他的怜悯,觉得别人都能娶妻生子,享受天伦之乐,唯独他长伴孤灯,默默地忍受着凄风苦雨。放学后,我常常待在院中和他说话;上灯后,就到他屋里陪他坐坐。有那么一阵子,我跟他说话时,他总是重复我的话。

"大伯,你为甚每天擦那几把锹?"我问。

"为甚每天擦那几把锹?"他似笑非笑地说。

"擦干净就不用擦了。"

"擦干净就不用擦了。"

"你想不想娶婆姨?"

"想不想娶婆姨?"

"想还是不想?"

"想还是不想?"

"我说想。"

"我说想。"

"我说不想。"

"我说想……"大伯突然停了口,咧着嘴,痴痴地笑。

过了一段时间,和他交谈得多了,我就发现大伯并非似想象的那么呆傻。他不一定句句都重复我的话,时而也有停顿或沉默,然后,从他嘴里,便会冒出一两句意思相关的话来,令人不胜惊讶。我把这个发现告诉了父亲。

"他不够数,你也不够数?"父亲冷冷地说。

我讨了个没趣,又去告诉奶奶。奶奶怪我多生事端。

"你不要招惹他,"她说,"他有病。"

我心中觉得委屈，悄悄哭了一鼻子。母亲看到我红肿的双眼，宽慰说：

　　"你人还小，不用管大人的事儿，一心读书才是。"

　　我人虽小，性格却出奇的执拗。在学校上学时，我又找到七叔，告诉他我的发现，还顺便告诉他奶奶和父亲对我的责备。七叔听了我的讲述，愤愤地哼了一声，说：

　　"你以为大伯天生就是呆子？"

　　"奶奶说是。"

　　"放屁！"七叔骂了一句，"大伯是让你奶奶气疯的。多聪明能干的一个人，考上大学偏不让去，说：'家里这么多圣贤书还读不完呢，又出去读什么歪门邪道。读也可以呀，家里不供养，自己养活自己，去偷去抢没人管。从今以后，也改了姓算了。'你听听这些屁话。他妈的，我就是看不惯！"

　　"奶奶骗我！"

　　"全家老小，她哪个不骗！"

　　"七叔，"我问，"你怎么知道大伯是气疯的？"

　　"知道这事儿的人多了。"七叔说，"以前和你大伯在县中学一起读书的王老师就对我说过。大伯出事的时候，我比你现在还小，可我多少还记得一些。"

　　"我懂了，七叔。"

　　七叔拍拍我的头，说："你年纪小小，就知道同情别人，是个好娃儿。咱们说的话不能让你奶奶和你爹晓得，懂吗？"

　　我使劲点点头。

自从七叔告诉我这件事之后，我陡然变成了一个心事重重的少年；在学校，少言寡语；回家后，客气拘谨。母亲觉察出我的变化，询问这是怎么一回事。我实在无法避开时，就草草敷衍几句。一旦有空闲，我便帮助母亲做家务，我甚至早起帮助大伯挑水。奶奶说我懂事了，直向父亲夸奖我。有一次，吃饭时，父亲居然给我盛饭，虽然表示一种赞许，却弄得我惊慌失措。只有母亲常常注视着我叹息，好像家里失落了一样东西，怪可惜的。

那年，奶奶过七十岁生日。我已经满十六岁了。六个叔叔、四个婶婶，以及他们的孩子都回来给奶奶做寿。三叔一家坐着吉普车从县城回到村里，着实引起一阵小小的骚动。他们为奶奶特意定做了一份寿糕和寿面，极其精致。四叔、五叔和六叔各自送了礼品。七叔给奶奶画了一张像，大家说神态画得逼真，可惜容貌不太像。八叔从外地买回许多东西，装了满满三只大包，有衣料，有鞋袜，有糖果，分发开来，几乎每人一份。人们议论纷纷，无人不夸八叔的好处，说他在外挣大钱，见世面，将来一定有出息。四婶立即要给他说一门亲事。八叔摆摆手，推脱道：

"咱成年累月在外，娶个媳妇守空房，不是害人家么！"

婶婶们便嚷："他叔眼光高呢，看不起咱这小地方的闺女。"

满院的熙攘喧嚣，比过年过节热闹百倍。门窗上，屋檐下，到处张贴着写了吉祥颂扬语句的红纸条，两只彩色的灯笼垂吊在大门两边。正是初夏，阳光洒下一片温暖。奶奶坐在院中一张太师椅上，笑吟吟地听着贺寿的美词，一脸的慈祥和欢悦。

"妈，你老人家身子健康，长命百岁！"

“妈,你老人家越活越年轻了!”

“奶奶,祝你福寿双全!”

孙子孙女们围拢在奶奶身边,小嘴里就嚷出一些文绉绉的颂词,听得人浑身鸡皮疙瘩。奶奶定然猜到那都是大人们事先教好的,却并不感到难堪,仍然笑吟吟,说:

“你们有这份孝心,就是奶奶最大的福气!”

正说间,八张方桌端端地摆置在院中,几碗几碟由请来的厨师捧上桌面,看得人眼花缭乱,谗涎欲滴。一盆猪肉、粉条、海带和白菜杂烩,一碟盐水黄豆,一碗莜面蒸粉,一盘芫荽拌皮冻,一盘干烧豆腐,一盘四喜丸子,一盘灌肠,外加一大碟猪心、猪肝、猪口条、猪耳朵、猪头肉杂拌,凑成八样,排场讲究,在村中实属鲜见。

父亲倒了一盅酒,站起来,对在座的人朗声说道:

“今天是咱妈的生日,大伙儿尽兴喝几盅,祝她老人家寿比南山、福如东海!喝啊!”

“喝!”

“喝!喝!”

在一片叫嚷声中,父亲走到母亲身边,说:

“你弄些饭菜,给他大伯送去。”

“他在哪儿?”母亲问。

“在屋里。”

“叫他来一块儿吃吧!”

“不行,”父亲压低声音说,“妈嘱咐的。省得他搅了大伙儿的兴致。”

母亲不再作声,起身进厨房取了一副碗筷,从我们的饭桌上拨了一些菜,然后,绕过人群,装作若无其事地走向西厢房。过了一阵,母亲悄悄地回到席上来。

"大伯做甚呢?"我轻声问。

"唉!"母亲叹道,"坐在屋里发呆。"

我再也吃不下饭去了,喝了一盅酒,然后干干地坐着,看旁人风卷残云般大嚼大咽。筵席很快便吃完了。杯盘狼藉还待收拾,父亲就来唤我,说奶奶找我有事。我离了席,跟在父亲身后,走到奶奶住的那间正房的门前。父亲叩叩门,奶奶在里边应了,我们便推门而入。屋里已经聚集了很多人,或站或坐或蹲,却听不见交谈的嘈杂。我定定神,看清楚除了奶奶、父亲和大伯之外,三叔、四叔、五叔、六叔、七叔、八叔都在场。我上前向他们一一打招呼。奶奶盘腿坐在炕上,身下垫着厚厚的羊毛毡子。父亲和大伯待在一旁。我向奶奶道了安,问:

"奶奶找我?"

奶奶拍拍炕沿,让我坐在她一侧。

"你大伯没有后代,"她说,"你就等于咱家的长孙。你年纪已经不小,有些事也应该知道了。要好好看,用心记,听见吗?"

奶奶说完,下得炕来,闩了门,遮了窗帘,屋里顿时变得漆黑一片。我正觉诧异,一扇门开了,透出昏黄的烛光,奶奶站在那扇门内招手。

"都进来吧!"她响亮地说。

众人鱼贯而入。

"都坐下!"她又说。

众人就近找了凳子坐下。

我没有找到凳子，便靠着墙壁，站在三叔和八叔身后。这时，我才醒悟过来：这屋子是正房三间之中的一间，通向院子的门被封死，却在奶奶的屋里另开一扇门，它就变成了一个套间。屋里昏暗不堪，因为窗户全部封闭。几支蜡烛在北墙根放着的一张大桌上摇曳。大桌上设置一个供坛，坛中插着几炷香，还未点燃。供坛两侧摆着两只大盘，盘中馒头水果之类叠摞成塔状。供坛背后是一个木制牌位，高约二尺，宽半尺，上面镂刻着些许金字，在昏黄的烛光下不能分辨。距离供桌一步之遥，有一个圆形跪垫铺在地上，显是让人跪拜而用。我环顾四周，发现屋里除了这一堆透着阴森之气的东西以外，别无他物。

　　奶奶依旧盘腿坐在炕上，身下也垫着厚厚的羊毛毡子。父亲和大伯待在一旁。屋里肃穆安静，众人屏声敛气等待着。置身于这样一种气氛中，我感到心悸多于惊奇。奶奶从袖中取出一卷纸，交给父亲。父亲把它展开，用图钉钉在供桌上方的墙壁上。众人的眼光一齐射过去，原来是一张画像。画中人端坐在太师椅中，头戴一顶黑冕，身穿一件绣袍，眉眼细小，口鼻精致，脸庞丰腴，整个面部不失清秀之色，却透露着无可奈何的苦涩。我猜了一会儿，猜不出画中人究竟是何人。爷爷的画像我见过多次，而画中人一身古代装束，绝不是爷爷。也许是爷爷的爷爷，或者，更远一些，爷爷的爷爷的爷爷？我正自琢磨，奶奶干咳一声，众人想都直直地竖起耳朵。

　　"今儿叫你们来的意思——"奶奶扫了一眼在场的人，拖着腔调说道，"你们应该清楚吧！咱们一来祭祀先祖先帝，几年不祭，怕你们忘了国耻家仇。以后嘛，一年至少要祭两次。二来指定一个人掌管祖上留下的这摊基业。我已经是大半截入土的人，可是，家不能分，一分就散，散

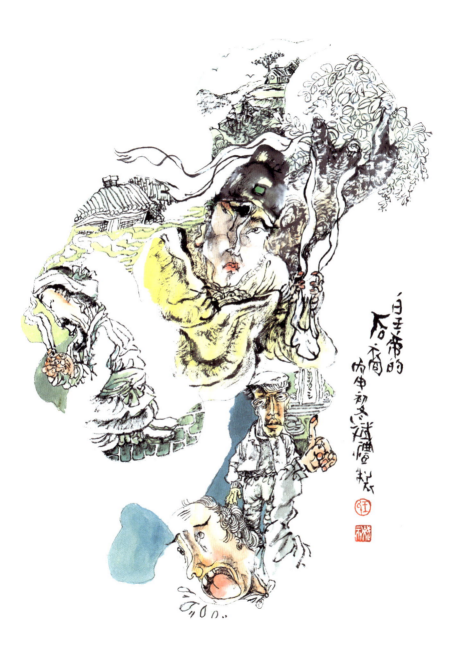

○
○

皇帝有后裔，明天是谁家？细思极恐。

了就灭。这是古训。好啦,我就不再多啰唆。德朝,开始吧!"

奶奶挥一挥手,大伯便走到祭坛前,从供坛里拔了一炷香,划火柴点燃,然后,退至跪垫,双膝打弯,跪在垫上,两手握香在胸,面朝牌位,大声说:

"不肖子孙李德朝拜磕拜先祖先帝朱氏由检大明思宗崇祯天子之位!"

说罢,纳头拜倒。

"慢着!"奶奶厉声地说,"德朝,你姓什么?"

"姓朱。"

"重新拜来。"

"不肖子孙朱德朝磕拜先祖先帝朱氏由检大明思宗崇祯天子之位!"

说罢,再度纳头拜倒。拜毕,起身,走到供桌前,把手中的香插在供坛内,然后,转身,跨出两步,面对众人。动作机械而准确,想是训练有素。

"德朝,说吧!"奶奶吩咐道。

大伯双臂垂下,两腿并拢,眼一闭,胸一挺,一板一眼地说道:

"尔等聆听:吾辈皆属大明崇祯天子之后人,非姓李,而姓朱。先帝朱氏由检生有一子一女。崇祯十七年,李贼自成聚众叛乱,祸国殃民。朝中阉党肆虐,奸佞当道,欺君瞒上,纲纪不整。李贼值此时机,乘虚而入。不日,京城陷落。先帝不忍目睹家国沦丧,皇室受辱,挥长剑,惊鬼神,手刃生女,以图共殉国难之志。顷刻,李贼蜂拥入宫,烧杀掳掠,不一而足。混乱之中,先帝寻子不见,遂只身奔出皇宫后门。呜呼!可怜一代天子,煤山自缢,以身报国。其时,太子年幼,与母后失散后,不期为奸人出卖,擒在贼军中,横遭折磨。李贼在京建大顺王朝,自立为帝。王师弹冠相庆,花天酒地,通宵达旦。岂料吴贼三桂'冲冠一怒为红颜',竟引清兵入关,直驱北京。李贼仓皇出逃陕西,太子被囚同行,未遭杀戮,想必李贼妄图一逞挟天子令诸侯之计。吴贼一路杀将而至,两军在潼关恶战。李贼溃败,率残部流徙于湖北;再战,全军覆没,部下割其首级献于清兵。二贼浴血争斗之际,太子得以逃脱樊笼,亡命山野,数月,饥不择食,食不果腹。一日,樵夫遇之,怜其孤苦褴褛之状,遂收养为子。从此,太子改姓李,以示铭记国耻家仇,世代不忘。康熙三十四年,太子终,遗有天子画像、所撰家书,昭谕朱氏传人,兴明灭清,励精图治,不负厪望。"

大伯念得滔滔不绝,极像背死了的书,由一名小学生在课堂上当着先生的面诵来,一气呵成,戛然而止。

"好!"奶奶叫道,"都听明白了吗?"

众人面面相觑。

"听明白了。"父亲说。

"听明白了。"三四个声音说。

"你们作为皇帝的子孙,脸上不感到光彩吗?"奶奶又问。

"相当光彩。"七叔以讥刺的口吻应了一句。

"老七,"奶奶阴森地说,"你有话就说,有屁就放。"

"话没有,屁倒是有一个。"

奶奶不再理睬七叔的调侃,喘了一口长气,英姿勃勃地说道:

"想我太祖当年何等威风八面,出身虽卑微,却能改朝换代,打下大明江山……"

"也开戕害忠良、滥杀无辜之先河。"七叔插口道。

"老七！"奶奶大怒，掌拍炕席，激起一团尘土。

"七哥，"八叔劝道，"你就让妈说呗！"

"可恨那帮阉党，欺君误国，好好的朱家江山，就断送在他们手里。叫人痛心，叫人痛心呀！……"

"天子英明，怎么会任用奸人？"

"闭上你的臭嘴！"奶奶喝道，"你们都听着，朱家的气数还没尽呢，总有重新立威扬名的一天。一代不行，两代；两代不行，三代；十代、八代也在所不惜。只要你们记牢自己是皇帝的后人，朱家就有出头之日。都来向祖宗磕个头，拜上一拜吧！"

奶奶说完这番话后，有好大一阵子，屋里竟无声无息。我正在纳罕，只见八叔把嘴凑到三叔耳旁，悄悄地嘀咕了些什么。三叔站起身，走到父亲跟前，依样画葫芦，也悄悄地嘀咕了些什么。父亲摇摇头。

"拜吧！"奶奶催促着。

"妈，"三叔为难地说，"我身为国家干部，做这等事，万一传出去，恐怕影响不好。我看，我这一拜就免了吧！"

"是啊！"八叔帮腔说，"恐怕影响不好。"

"老八不用多嘴多舌的，惹人讨厌。"奶奶毫不客气地说，"老三，这纯粹是家里的事，跟你当国家干部没甚相干。"

"妈，你不知道，关系大着呢。"

"我当然不知道。"奶奶冷笑一声，说，"我只知道老大的媳妇临咽气时，交给我一样东西……"

三叔一怔,随即,脸上挤出一个尴尬的笑容,连忙打断奶奶的话,谄媚地说:

　　"妈,今天是你的好日子,何必生气呢。来来来,大家都拜上一拜。数典不能忘祖嘛,啊,不能忘祖嘛!"

　　"这就对了。"奶奶微笑着说,"拜吧!"

　　父亲走到供桌前,从供坛里拔了一炷香,划火柴点燃,然后,退至跪垫,双膝打弯,跪在垫上,两手握香在胸,面朝牌位,大声说:

　　"不肖子孙朱德廉磕拜先祖先帝朱氏由检大明思宗崇祯天子之位!"

　　说罢,纳头拜倒。

　　接着是三叔:"不肖子孙朱德政磕拜先祖先帝朱氏由检大明思宗崇祯天子之位!"

　　接着是四叔:"不肖子孙朱德洁磕拜先祖先帝朱氏由检大明思宗崇祯天子之位!"

　　接着是五叔:"不肖子孙朱德长磕拜先祖先帝朱氏由检大明思宗崇祯天子之位!"

　　接着是六叔:"不肖子孙朱德治磕拜先祖先帝朱氏由检大明思宗崇祯天子之位!"

　　六叔拜过,半晌不见任何动静。

　　"德久,"奶奶异常和蔼地说,"轮到你了。"

　　"轮到我做甚?"七叔佯装惊奇地问。

　　"拜祖宗。"

　　"拜甚祖宗?"

有人忍俊不住，噗嗤笑出声来。

"有甚可笑！"奶奶大概恼怒已极，却强压住不发作，"拜生你、养你、疼你、爱你的祖宗。"

"生我养我是不假，"七叔懒洋洋地说，"疼我爱我倒不一定是真的。至于生我养我究竟为甚，也值得怀疑。是为我呢，还是图了自个儿受用？……"

"畜生！"奶奶终于忍无可忍，高声骂道，"你拜，还是不拜？"

"拜怎地？不拜又怎地？"

"拜了，就是我朱家的子孙；不拜嘛……哼哼！……"

"我倒要看看我的下场是不是跟大哥的一样。"

"原来如此。"奶奶转怒为笑，"好哇，咱们待会儿再算这笔账！老八，你来拜吧！"

八叔走到七叔跟前，相劝道："七哥，何必这么认真！"

"老八，人活着，要有点骨气。"七叔说，"堂堂七尺男儿，整天受死人的摆弄，羞也不羞！"

"不识抬举的东西！"奶奶阴阳怪气地数落着，"老八，快拜！"

八叔无奈，就照几个哥哥的样子，点香，下跪，祈拜：

"不肖子孙朱德安磕拜先祖先帝朱氏由检大明思宗崇祯天子之位！"

奶奶冲我招招手，说："继明也拜上一拜，将来做朱家这摊基业的掌管人。"

我踌躇着，也斜七叔一眼，不知该怎么办。父亲在我背上推了一把，吆喝着叫我赶快按奶奶的吩咐行事。我畏畏缩缩地走到供桌前，连划五根火柴，才把那炷香点燃，然后，跪在垫子上，含含糊糊地说：

"不肖子孙李继明向祖宗磕头！"

"听不清楚。重拜！"

"不肖子孙朱继明拜上祖先朱氏大明崇祯天子之位！"

"好！"奶奶称赞道，"德廉！"

"在！"父亲应声而起。

"把老七的名字从家谱里划掉。以后朱家就没这个人了。"

父亲嗯了一声。

"我本来就不姓朱，"七叔说，"真是多此一举。"

"他也不用在学校误人子弟了，"奶奶笑吟吟地说，"更不用再捏什么泥人儿。还是让他回来，从锄、镢、镰、耙学起。"

"你……"七叔霍地站起，脸涨得通红。

"这都是为他好，省得他不懂庄稼活，将来吃亏。"

"你们这帮浑人，害了大哥不算，还要害继明。"七叔愤慨地嚷着，"三哥、四哥、五哥、六哥、老八，你们睁开眼看看，这个家让他们搅成甚样了！满屋满院的鬼气，阴森森的鬼气。我要告诉全村的人，你们躲在这间黑屋子里干了些甚勾当……"

"给我拖出去！"奶奶喝道。

"让全村的人都知道，大哥……"

七叔的话没有说完，父亲就和四叔、五叔把他架出屋子。奶奶慢悠悠地下了炕，捋捋鬓发，抻抻衣裳，走到跪垫前，缓缓下蹲，单腿先跪了，双腿再跪拢，嘴里喃喃地说了点什么，头就低低地磕下去，一磕到底。然而，紧接着，她身子一歪，咕咚倒地，就此不省人事，昏死过去。众人惊慌失措地围上来。三叔伸手探奶奶的鼻息,父亲掐住奶奶的人中,大伯却早已伏在奶奶的脚下,放声痛哭起来。八叔奔跑出门去请医生。女人们听到消息,聚集在奶奶的屋门口,叽喳地议论不休。

过了一会儿,三叔叹了一口气,哽咽道:

"二哥,妈看来不行了!"

父亲并不搭话,右手的拇指死死地掐住奶奶的人中,腾出左手揉搓着奶奶的喉咙。四叔、五叔、六叔站在一旁,泥塑木雕一般,面孔上浑不见任何表情。八叔气喘吁吁地请来了医生。众人七手八脚地把奶奶抬到外屋的炕上,里屋只剩大伯一人蜷缩在地,兀自嘤嘤哭泣。医生从药箱里取出注射器,在奶奶的手臂上注射了一针什么东西,然后,双掌捺住奶奶的胸膛,弹压着做人工呼吸。这样持续做了几次,奶奶的喉头就发出咕咕的声响,再做几次,就有一声微弱的呻吟传来。众人大概明白奶奶活转过来,都长长舒出一口气。

奶奶终于睁开眼,饮了一点水。她的脸色本就苍白,这时,本来苍白的脸上又罩了一层阴暗的死灰。父亲在她身下垫了厚厚的被褥,让她躺得舒服一些。医生坐在炕沿上,号着她的脉搏。众人一声不响地立在原地,屋里安静得使人感到心慌。这样过了大约一个时辰,奶奶再度睁眼,有气无力地说:

"我没事了。你们都去吧!"

父亲谢了医生。医生临行时嘱咐父亲不间断地给奶奶饮些水,并告诉众人不必过虑,病人歇养半日便好。父亲送走医生,把四叔、五叔、六叔打发回家,又安排八叔在东厢房的一间屋里休息,然后,回到奶奶的屋里。奶奶睡得并不沉,听到动静就醒来,见屋里只剩父亲、三叔和我，问：

"都走了？"

"嗯。"

"我留着这口气，"奶奶疲惫地说，"就是要看看老七究竟能蹦跶几时。"

"妈，"三叔接道，"你留着力气养养神吧。"

"德廉，"奶奶不理睬三叔，又说，"你把老七的事尽快办了。"

"知道了。"

"德朝呢？"奶奶问。

"刚才忙完，不晓得他跑到哪里。"父亲答道。

"你去把里屋墙上的画像和桌上的物什撤了。"

父亲转身走到黑漆大柜跟前，把它向一侧推移几尺，背后就露出一张白布门帘；撩开门帘，就看见两扇木门；木门上贴着一副红对联：

朝廉政洁颂天子英明

长治久安沐大明恩泽

横批遮在门帘之下，不知是何字样。父亲撩起门帘，闪身而入。过了几分钟，父亲急步走出来，弯了腰，在奶奶耳畔低语几句。奶奶沉吟片刻，对父亲说：

"先把他抬到他自个儿的房里。反正是个废人，早死早解脱，省得活受罪。"

"爹，"我好奇地问，"出甚事了？"

"你自己进去看,"父亲不耐烦地说,"我没空儿跟你啰唆。"

我还未进里屋,心中已然猜到几分;进了里屋,仍然大吃一惊。大伯侧身躺在地上,蜷缩成一团,硕大的脑袋搭配在干细的躯体上,像一只冻僵的海马。他的脸颊仍然残留着几滴泪水,那是哀痛他母亲的。然而,他母亲并没有死。我摸摸大伯的手,顿时感到一阵冰冷的恐惧。我后悔极了,后悔当初只顾跑前追后地担心奶奶的安危,而没有及时把大伯从悲泣中劝导出来。我的心中也充满怨恨,怨恨所有在场的人把大伯无情地遗弃在黑暗和无望之中。我哭了,哭得很沉闷,因为我不敢哭出声来,害怕父亲和奶奶听见后责骂。

那一夜,我开始书写自己有生以来的第一篇日记。我的少年的心不再是一块完整无瑕的美玉,在它身上出现了不幸的裂痕和缺损。

第二天,我早早地来到学校,准备把大伯去世的噩耗告诉七叔。

"你七叔昨夜向我辞了职,离乡出走了。"校长遗憾地说。

"走了?"我惊诧至极。

"走了。"

"你可知道他去哪儿了?"

"唉!他说:'此地不留爷,自有留爷处。地球之大,难道找不到一个混饭吃的地方?'你七叔很有才能,就是脾气太直。老天保佑他一帆风顺!"

校长的表情和语调显得凄切惆怅,因为我知道,他失去了一个童年好友。而我,则失去了一个依靠和知音。七叔就这样走了?我怎么也想不通他为何选择出走这条路。奶奶纵然有千般的不好,却还是他的母亲。李家的院子无论多么阴森可怖,仍旧是他的家。他只身外出闯荡,能有什么样的善终呢?总归不如守在家里好吧!

第三天,我们为大伯出丧。奶奶和父亲没有请人来吹吹打打,耍一些花样。记得为爷爷送葬的时候,几乎全村的人都来看热闹。从李家院到坟地,至多一里路,送葬的队伍竟走了八个钟头。十六个彪形大汉挑着爷爷的白木棺材,口里哼着调子,前进几步,后退几步,走走停停,舞三弄四,正像节日的游行队伍。奶奶请了一批帮哭的女人有节奏地唱哭,奶奶领头,就像合唱团的领唱;众人应和,就像合唱团的团员。在唢呐、二胡、板胡、三弦等乐器的伴奏下,活脱脱如上演了一场歌剧或一场交响合唱。相比之下,大伯的葬礼要简单得多。四叔、五叔、六叔和八叔四人把睡在棺椁里的大伯抬出村,在李家的坟地上挖了六尺深的一个坑。大伯入土时,奶奶落了几滴泪,母亲和几个婶婶抽抽噎噎地哭了一回。但是,没有人哭得响亮。

回到家里,母亲红肿着眼睛,连连叹气:

"真是个苦命人!唉,真是个苦命人!"

我猜测母亲了解大伯的身世,也了解他是怎样气疯的。我相信李家的每一个人多多少少都知道一些有关大伯的事情,只是慑于奶奶和父亲的权势,无人胆敢开口。我知道母亲绝不肯吐露实情,然而,我还是要问。

"妈,大伯是不是被奶奶逼疯的?"

"不要瞎说。"

"你一定晓得!"

"他们李家的事儿,我怎能晓得!"

"你不说我也明白。"我愤愤地说,"把大伯害成那样,爹也有份儿。"

"没有,没有。"母亲急忙辩解,"你爹怕落个不忠不孝的名声,这才听你奶奶的指挥。可是,你大伯这件事跟他没甚相干。"

"我不信。"我说,"你总是护爹的短。"

"妈说的是实话。"母亲说,"我过门到李家来不到一年,你大伯的婆姨就突然病死了……"

"大伯娶过婆姨?"

"可不是嘛!还是方圆几十里有名的俊闺女呢!不晓得有多少人上她家的门说亲,门槛踩断了十几条。她偏偏相中你大伯。嗐,原来俩人在县城里同学时就恋爱上了。你大婶婶长个好脸蛋好身材不说,心肠又好,待人又好,知书识礼,人人都喜爱她。唉,可惜好人命不长啊!你大婶婶去世后,你大伯伤透了心,几天不说一句话,头发白了一片。有一天夜晚,你爹回来跟我说,你大伯出事了。我问出了甚事。你爹说,你大伯要到县里告你三叔一状,你奶奶不许他去,说自家的事自家解决,不准外人插手。你大伯不依,你奶奶就说他不敬祖宗,叫他向祖宗的灵位磕头。你大伯不磕,你奶奶就踢他的膝盖,硬逼他下跪。下跪了,还是不磕,你奶奶就把他的头朝灵位上使劲摁下去。你大伯再抬起头来的时候,就哈哈笑个不住。你奶奶打了他一个耳掴,他顿时不笑了,可是人变了,变成个痴痴呆呆的傻子。你爹没说你大伯为甚要告你三叔的状,我猜肯定是见不得人的丑事,可能跟你大婶婶的死还有关系呢。你爹吩咐我,这件事不能对人说,我憋在心里多年,今天头一次向人提起。你千万不要告诉外人,听见了吗?"

"我晓得啦。"我不悦地说,心想自己早已不是小孩,怎能出外张扬家里的丑事；一旦它风传出去，我以后还能做人么！

第四天，一切便恢复了正常。

自从大伯去世之后，院子里比以前更加冷清空荡，一天到晚寂静得令人焦躁。七叔不知栖身何方，一直杳无音讯。他肯定没有忘记我，也没有忘记这个家，只是故意不写信回来。我当然也不会忘记他。奶奶的身体一天糟似一天，我很久没有看见她到院中来，却常常听见她在屋里咳嗽。过年的时候，我们又祭祀祖宗一次，八叔借故没有回来。清明节，三叔借故没有回来。父亲曾去县城找过三叔，不过，那是为我升高中的事情。四叔、五叔和六叔仍然不间断地来看看奶奶，他们和奶奶虽然不住在同一屋檐下，却住在同一条街上，同一个村里。

罪恶

罪恶的根源是把改善自身以及自身环境的努力建筑在他人的痛苦和毁灭之上；而罪恶的本质却在于拒绝自我拯救。

——主人公的话

1978年3月21日，我走进大学校门认识了他，当时，他正倚在床上读一本《呐喊》，我伸出手，作礼节性的自我介绍，他也伸出手，作礼节性的介绍，在我们握手的一瞬间，我便发现他的气质有些与众不同，究竟为何与众不同，却难于解释，也许是他的无血色无表情的瘦脸，也许是他说话的声音沙哑得像一双脚蹂躏着干枯的落叶。到1982年1月15日，我和他毕业分手，我们相视无言，千头万绪，不知从何说起，到何终止。最后，他对我说："后会有期。"然而，我能够感受到这四个字所表现出来的冷淡不过是一个假象，在假象背后隐藏着一种热情，足以使他在零下四十度的严寒中跋涉而不至冻馁，去探寻一个美丽动人、温暖如春的天鹅湖，即使探险的前辈已经向他暗示：那个湖也许根本不存在。四个春夏秋冬，三年九个月零二十四天，一千三百八十九个日出日落，如此漫长的时光，马恪之总是在凌晨丑时从床上坐起，黑暗中，摸索枕边的眼镜盒，接着，两条腿搭在床沿上，两只脚开始寻找地板上的拖鞋，弄出嗤啦嗤啦的声响，令人欲呕又止，欲止又呕，有时不小心便踢翻盛水的空铁桶，咣当一声，宿舍里所有的人都被惊醒，于是，无可奈何的叹息从几个铺位上同时传出，间或夹杂着戏谑和调侃。

"恪之，又在做什么春梦？"

"你梦游的时候，千万别认错人。"

"我们他妈的还都是童子之身。"

"怎么不开灯？"

"怕搅醒你们。"

"你能再把我搅醒吗？"

"睡吧！睡吧！"

他们翻个身，再度睡去。他们最终将习惯于在各种各样刺激神经的响动中安睡。我无法习惯，因为我睡在他的上方，睡在双层铺的上铺，睁着眼睛，等待木床最后一次吱吱呀呀的摇晃，等待他去盥洗室做一天中最后一次（也许是一天中最先一次）排泄。

那一刻，我躺在床上，可能想了些什么，如今，时隔过久，早已无从记起。我一定在想马恪之，在想他的怪癖，以及隐匿在怪癖后面的种种不可思议的原因：也许他少年时患遗尿症，也许他手淫。当我百般猜疑他的行为的时候，他就木然地站在床边，站在轻微的鼾声里，低垂着头，像受到苛责的孩子，为自尊心的挫伤而感到委屈。过了很大一会儿，他才抬起头来，这时，就有一团微弱的光从窗口射进来，恰巧照在他的脸上，灰蓝色的朦胧。于是，我便想起舞台上的聚光灯照在他的脸上，同样是灰蓝色的朦胧。他身穿一件青布长衫，蓄着两撇不淡的唇须，缓步走上舞台。聚光灯的灰蓝色追随着他，像追随一个飘忽不定的幽魂。他在舞台中央站定，把右手背在身后，微微扬起头颅。忽然，低沉梦幻的音乐便从什么地方升起，渐渐笼罩了整个剧场，笼罩了每个观众的情绪。蟋蟀叫了。

　　　"秋天的后半夜，"他的嘴唇嗫嚅着，"月亮下去了，太阳还没出，只剩下一片乌蓝的天。除了夜游的东西，什么都睡着了。"

　　他这样开场了，正如真实生活中的开场，呈现给我们的既有神秘好奇，又有烦躁惶恐。台下酣睡一般的宁静。他便是那个夜游的东西，我后来想，而我们则睡着，无法抵御睡意的网铺天盖地地撒来。

　　"你不能临上床前先去一趟吗？"我曾经问过他。

　　他摇摇头。

　　"为什么？"

　　"以前，我在农村插队的时候，夜夜爬起来捉臭虫，捉了臭虫，一定要撒泡尿。久而久之……"

　　"噢，原来如此。"

　　我相信了他，相信这纯粹是个人私人生活中的一幕闹剧，因为那时我还不知道他的行为别有隐情，不仅不是一幕闹剧，而且其象征意义已经远远超越了个人私生活的范围。不久之后，他将以此为线索，自编自导一出叫作《一幕》的独幕剧,向陌生的人们揭示一个隐秘的世界,不管那个世界是丑恶,是美好,还是自相否定。他找到了一种最直接的形式,一件称手的工具。

过了不知多久,我终于听到他轻轻地打开门,走出去。楼道里一片寂静。我仔细听着。有相当煎熬人的一段时间,我听不到他的脚步声。他并没有走多远,而是站在门口那盏昏暗的长明灯下,朝盥洗室的方向张望。我能够想象到,他的脸上透着惶惑和焦虑,仿佛看到一种结局,他的结局,他们的结局,吱吱呀呀窜来窜去的铁灰色的老鼠们的结局。正是带着那种惶惑和焦虑,他走上舞台,开始那段深沉的独白,而我们四人则心神不定地躲在幕帷背后等待出场。戏只有一幕,角色却是五个。他扮演黄老师,我扮演"我",还有另外三位同学扮演华小拴的咳嗽、华老栓的抖银洋、华大妈的哭诉,以及穿号衣戴红袖章的打手、横肉块块饱绽的康大叔、红眼阿义和乌鸦"哑——"的一叫。

"'我'是谁?"彩排的时候,我问他。

"我是谁?哈哈哈……"他爆发出一阵骇人的大笑。"我是谁?多么令人费解的命题。我连自己是谁都弄不清楚,哪知道你是谁!"

"我指的是角色。"

"我说的就是角色。"

我茫然地看着他,像看着一片漆黑的树林,其中没有道路,只有一声乌鸦的喊叫,使人战栗,然而也使人感到恶兆中仍有生命的存在,仍有希望。

那段相当煎熬人的时间过去了,遗留下一个可疑的空白。你永远不可能知道他在这个空白中究竟做了些什么,更不用说想了些什么。

○
○

药不是罪恶，但药，却往往被罪恶假手。

蓦地,我听到他的脚步声,死寂中,显得怪谲可怖,令人想起一个被重复了无数遍的、梦游症患者啃食颅骨的故事。他向盥洗室哗哗的流水声走去,转了一个弯儿,就看到盥洗室的门缝内透出的光亮。他推开门,走进去,环顾左右,见空无一人,便走到洗脸池前,双臂斜撑在池沿上,就像斜撑在讲桌上,面对一张张单纯无知的脸庞。

黄老师:今天,我们接着讲《药》。请把课本翻到第四十六页。
(稍顿)华小栓患了肺病……

(过场。华小栓持续不断地咳嗽。)

黄老师:他的母亲为此非常焦愁……

(过场。华大妈长长几声哀叹。)

黄老师:他的父亲攒了几块洋钱,给他买药……

(过场。华老栓抖银洋。)

黄老师:药虽然买到了……

康大叔:(过场)一手交钱,一手交货!

阿　义:(过场)包好,包好!

黄老师:但是,华小栓的病还是没有治愈。第二年,他便死去……

我:(举手)老师,华小栓的病为什么没有治愈?

同学甲:(举手)我知道。

黄老师:为什么?

同学甲:因为他病得很严重。

同学乙:(举手)我也知道。因为他们家里很穷,请不起医生。

同学丙:(举手)不对。是因为药是假的。

黄老师:你们说的都有道理。既然鲁迅先生把他的故事命名为《药》,那么,问题一定出在药上。药是真的,但是,它为什么不能治华小栓的病呢? 为什么不能? ……

(画外音。革命了! 革命了!)

(灯暗。)

(灯亮。穿号衣戴红袖章的我揪住黄老师的领口殴打。黄老师单腿跪地,满脸鲜血。三个学生模样的年轻人上场,手中各持一只馒头,在黄老师的脸上蘸了鲜血后,退至一旁。)

我:嗨,好香,好香! 我也吃一只。(从怀中取出馒头一只,在黄老师的脸上一蘸,退至另三人身边。)

黄老师:(挣扎着。手指四人)你们……可怜……

我:什么? 可怜?

甲、乙、丙:什么? 我们可怜?

(四人一齐大笑。)

我:他疯了!

甲、乙、丙:他真的疯了!

(黄老师躺倒死去,复又站起,呆滞地看着四人大嚼蘸了鲜血的馒头。)

我:好吃,好吃!

甲、乙、丙:真好吃,真好吃!

黄老师:(面向观众,沉思地)华小栓的病终于没有治愈。第二年,他死去,葬在一处并不显眼的地方。然而,他并没有被人们忘记。

突然,他仰起头,发出一声呻吟般的叹息。那一次,我就躲藏在盥洗室的窗外,躲藏在离他咫尺之遥的矮树丛里,背着沉重的好奇心和负疚感,窥视他的秘密。他叹息之后,就伸开双掌,举在眼前审察,像看手相的巫觋研读每一条纹路的故事。接着,他弯了腰,拧开水龙头,两手并拢成勺状,掬了一抔水,扔在水池底,溅起一串水珠;再掬一抔,再扔,依样重复几次。然后,两手互相摩搓,开始洗手,在冰冷的盥洗室里,用冰冷的水认真地长时间地洗手。天哪,就在那一瞬间,我惊奇地发现生活被彻底戏剧化了!

(灯亮。黄老师和我从两侧同时上场。)

黄老师:秋天的后半夜……

我:月亮下去了……

黄老师:太阳还没有出……

我:只剩下一片乌蓝的天……

黄老师:十几年不见,我已经想不起来你的名字。

我:十几年当中,我无时不在想着老师你。

黄老师:难得你还记着"秋天的后半夜"。

我:我记着它,因为它是一个见证。

黄老师:什么见证?

我:杀人的见证。

黄老师:杀谁?

我:杀你!

黄老师:我? 这可能吗?

我:(哭腔)是我杀了你!

黄老师:你为什么要杀我?

我:因为我需要证明自己。

黄老师:你错了。你杀的不是我,而是你自己。

我:(痛苦地)是我杀了你! 是这双手杀了! (下跪,洗手)我是一个罪人! (哭泣)老师,你原谅我吗?

黄老师:我是一个过客,我不认识你。如果你真的杀过一个人,那个人就是你自己。你必须首先争取自己的原谅。我要走了。再见! 再见吧!

我:老师! ……

(我疯狂地洗手。灯暗。)

灯光再亮的时候,我们五人已经站在舞台中央。台下爆发出经久不息的掌声。我们向观众一齐鞠躬致谢。大幕徐徐合拢。我侧过头来,看到马恪之冲我微笑。我们来到后台,卸了妆,走出大礼堂。

"你把'我'演活了。"他说。

我一怔,说:"有件事不知该不该问你。"

"早就猜到你会问的。"

"这……是真的吗?"

"可以说是吧。"

"究竟怎么回事? "

他没有立即回答。我们沉默着走了很长一段路。

"我的生活中，"他终于说，"曾经有过一个黄老师式的人物，他是我一位同学的父亲，呵，那真是一个疯狂的年代……"

我屏声敛气地等待着。

"一个冬天的下午，天阴沉沉的，好像要下雪。我看见四个彪形大汉把他从家里拖出来，一路拳打脚踢，拖向东面的一条小河，简直就像拖着一个烂麻包。我们一群少年跟在后面看热闹。打手们把他拽到河沿的土坡上，几只穿牛皮鞋的脚没头没脑地在他的身上乱踢。他在地上滚着，浑身沾满尘土，口中的惨叫回荡四野，盖过了小河哗啦的流水声。打手们打累了，就招呼看热闹的孩子们去打，说打得越狠越好，因为他是一个叛徒，叛徒一定要受到惩罚。我也捡起一块砖头，走上土坡。他仰面朝天地躺着，嘴角挂着紫黑色的血，脸部早已血肉模糊，浮肿不堪。我好像看见他的胸膛微微起伏，想必还剩几口存活的气。我举起手中的砖头，向他的胸膛砸去，随即闭上眼睛。我并没有听到砖头落下的声音，也没有听到他的呻吟。我再睁开眼睛的时候，看见一个打手一脚把他踹下河沿。他像一堆垃圾似的滚下山坡。我看见他俯身趴着，一半身子浸在浅浅的河水里；殷红的血染红了河水，河水缓缓流淌而去……

"当天晚上，我做了个噩梦。我觉得是我杀了他。第二天，当他死亡的消息传遍左邻右舍的时候，我终于明白，是我杀了他。我犯了罪。随后的几个星期，我竭力为自己的罪责开脱，也曾得到一时的安宁。第二年，我下乡插队了。在农村的几年里，我一直为这件事而深感慌乱和恐惧。他那张血肉模糊的脸无时不在向我追索一个恳切而可信的解释。

但是，我始终没有想通，我为什么能够忍心对那个奄奄一息的人再行致命的一击，即使他真是一个道德意义上或政治意义上的叛徒。你知道，他同时也是一个人，一个有血有肉有情有性的人。我不能仅仅用'受蒙蔽'这三个字把自己的罪恶搪塞过去。我是一个罪人，我将永远为此而忏悔。"

他回来了，轻手轻脚像一只猫，那份体谅叫人感动。然而，更叫人感动的还是他讲述的这个故事。一段沉痛的历史，曾赋予他做人的自觉和真诚。他终于能够在两种势力持久而激烈的争斗之后，脱了鞋，摘了眼镜，安安静静地躺下来，怀抱自己的灵魂入睡。因为应该交给黑暗的已经交出，剩下的当是绯红的朝霞和纯净的露珠。

将近四年的时间，他在痛苦和欢欣的交替中度过，而我则由一名旁观者变成一名知情者和同情者，虽然我从未真正喜欢过他。尽管如此，我知道，他是一个深刻的存在，一个深刻的意识，我无法把他从心头彻底抹去，就像一个阴影，是什么东西遮蔽了阳光的结果。我盼望尽快和他分手。这一天终于到来。

"后会有期。"他说。

"你总使我不安。"我揶揄地说，"还是后会无期的好。"

"后会有期。"他又说。

也许吧，我心里说。谁知道生活会不会对我格外钟爱呢！

非马,非马

六年前的那个夏天,我们三人都失恋了。

止戈的失恋经过:

止戈从来觉得爱情是一件可笑甚至有些荒唐的事情。一个女人突然闯入你的生活,以爱情的名义对你指手画脚,你还得高兴地忍受,这听起来有点被虐待狂的意味。男人与女人的差距那样大,能够连接俩人的除了那个天生的需要之外,还有什么!一桩极其自然的事情,就像擤一把鼻涕一样自然,却被好事之徒无情地道德化、神秘化了。这是止戈最为憎恶的。也许正因为如此,他从来没有倾心地爱过他的女朋友。吸引他的是女人,而不是一个特殊的女人,更不是一个不会撒娇、小妈一般的女人。和女朋友相交一年之后,止戈决定同她分道扬镳。姑娘起初是惊诧,觉得玩笑开得过于残酷,嗔怪止戈不知轻重。止戈当时的心情直如吞进一块滚烫的红薯,疼得说不出话来。他的果断和冷漠终于使姑娘明白了事情的严重,接着便是眼泪。这是止戈预料之中的程序。再接着便是诅咒和蔑视。止戈知道他们之间所发生的一切将成为过去,他自己将作为一个被憎恨的对象留在姑娘受伤的内心里。这时,他不禁滋生出一股感伤的歉意,面前这个女人的种种好处牵动了他的心。突然间,他发现自己并不是一点儿都不喜欢这个貌不惊人、情不炽烈的姑娘。如果他承认自己的过错,他想,事情将有一个完全不同的结局,虽然不会创造什么新鲜的东西,至少可以挽回旧有的一切。然而,愚蠢的傲气使他决心放弃一个挽回的机会。一切终将成为历史,何苦爱情!失落感是我们与生俱来的悲情,他自忖;注定要失去的,为何苦苦挽留呢!

水冗的失恋经过:

水冗的姑娘是一个小学三年级的孩子。那时,他们同在一个班里,同坐一张课桌,享受着欢乐的孩童岁月。她是一个漂亮的小姑娘,大眼睛、长睫毛、白皮肤,再加上银铃般的笑声和优异的学习成绩,俨然变成水冗心目中的一座偶像。几回梦中,他和她手拉手在公园的林荫道上奔跑,身后飘落五彩缤纷的花瓣。于是,水冗心里便有了一个秘密。有一天,班主任带领大家去看电影。她坐在水冗身旁。放映开始时,大厅的灯光灭了。黑暗中,水冗感到一只软绵绵的小手搭在他的手上,立时吓得出了一身冷汗。他回过头来,望了望班主任和同学们,大家的视线都集中在银幕上,似乎没有人留意到他的恐慌。片刻,他镇定下来,心中陡然漾起一股升腾的喜悦,胆子也随之壮大。他把那只光洁柔和的小手攥在自己的两只手心里,轻轻地摩挲揉捏。一直到电影散场,他都觉得自己驾着一朵云彩,在梦境里肆游。美丽的童话结束了。他恋恋不舍地让那只小手抽回去，温暖便从他的手心里消失，代之却是一丝凉意。刺眼的灯光使水兄第一次感到现实的无情和粗暴。回家的路上，他已经为下一次全班集体看电影而感到有些迫不及待。他需要那只软绵绵的小手。下一次，他一定要把它放在嘴边亲一亲。几个月后，班主任又带领大家去看电影了。水兄没有去，因为他的漂亮热情的公主这时已随父母搬迁到南方去了。临走时，她留赠给水兄一条火红的红领巾。此后的二十多年中，水兄没有爱过任何女人。他总希望某一天他的姑娘从雾蒙蒙的清晨走来，扑在他的怀抱里，抽噎着诉说别离的痛苦。然而，当梦断五更，曙光初照的时候，水兄便感受到一阵阵钻刺的疼痛。当疼痛一日一日加剧，乃至于无法忍受的时候，水兄终于决定和他的姑娘决裂了。

我的失恋经过：

我自己的情况比我的两位朋友要好得多，大概是因为我的爱还未开始便宣告终结。她是我的同事。我们在同一所大学，同一个系里教书，由于工作关系，过从甚密。一次春季郊游爬山时，她扭伤了脚踝，我搀扶她一路下山。也许从那时起，她的心里便萌发了对我的爱恋。遗憾的是，爱恋并未结出应有的果实。我的年轻的心曾经是那么骄傲和任性，我曾立誓，在干出几件大有荣耀的成就之前，绝不涉猎情场。我的善良的女同事等了许久，其间的煎熬多年之后我也将体会到。我日复一日地陶醉在她的热切的流盼中，像一朵水仙花得意地欣赏着自己的影子。听朋友们说，她为此流了不少眼泪。我惋叹一声，表示同情和理解，也表示力不从心。夏天来临的时候，她彻底失望了。她敲开我宿舍的门，归还了向我借阅的书籍。她说她准备去读研究生，离开这个充满痛苦记忆的地方。她希望我自己珍重。我听出她的声调有些哽咽,看出她的眼睛里泪光闪烁。霎时,我的心为之怦然而动。我隐约意识到我将失去一生中最为珍贵的东西,这一刻,正是抓住它的最后机会。我开始琢磨如何向她说一句恳求的话,希望她不要走,希望她给我一点时间,我可以直白地告诉她:"我爱你!"然而,我终于没有能够说出这三个字。也许我紧张得拙于言辞,也许我的潜意识里根本没有说的愿望。一位同事走来,打破了我们的僵局。我得到解脱,但是,刚刚点燃的那团火花也随之永远地熄灭了。我一直在想,如果那位同事在那一秒钟不出现,我将不会变成我现在这副模样。我们三人开始闲谈。她恢复了以往正常的神态,言笑自若,无拘无束,似乎我们之间上演的那一幕根本不曾存在过。虽然我仍旧能够听出她声音里的失望,看出她眼睛里的忧伤,但是我却极其怨恨她所表现出来的开朗和欢悦,好像我因为失去她而变得阴郁,她也应该陪伴我阴郁才对。她真的走了,再也没有回来。从此,我生活得既懒散,又沉重。

我清楚地记得,那是一个炎热的傍晚。我们三人半年来首次相聚,晚餐后,坐在我的斗室里讲述各自的遭遇;讲完了,就闷坐着吸烟,在烟雾中,任大脑逐渐变成一片危险的空白。如果你是一个理想主义者,我盯着他们两人思忖,眼睁睁地看着自己追求的理想王国化为泡影,你会做出何种反应?如果你失恋了呢?

"几点了?"止戈问。

"两点半。"水冗答,"困了?"

"没有。"我说。

"你们不睡觉,到底要干什么?"止戈说。

"你呢?"

"我要知道就好了。"

"有一天,"我自言自语地说,"你突然发现自己活得这么复杂,这么滞重……"

"你说什么?"水冗问。

"几点了?"隔了一阵,止戈又问。

"两点。"我答道。

"但愿如此。"

"听点音乐吧。"我建议。

"有什么?"

"柴可夫斯基 a 小调三重奏。"

"不要听柴可夫斯基,"止戈嚷道,"更不要听小调。"

"那就听听《高飞的云雀》吧!"我说,"明亮纯净一些。"

没有人反对,我打开录音机。游丝般的琴声飘然而至。一个空旷、明媚、洁净的世界展现在我们眼前。云雀开始飞翔,它振动双翅,向蔚蓝的天空上升。我听到纤细的琴弦上缓缓流动着它的顽强高傲的精神,然而,我同时也听到这种精神是多么孤弱易折,大风和鹰隼任何时候都对它构成致命的威胁。

没人说话。我不知道自己在想什么。他们大概也不知道自己在想什么。时间在半睡半醒的状态中逝去。这一夜,只有这一夜,我们征服了时间。

早晨八点三十分,我们彻底醒来,不约而同地想到旅行,想到流动的生活会带来新鲜的事物，或许能消减心头的重负，给予我们一点启示，给予我们再失恋一次的勇气和力量。晚上九点，我们登上南下的列车。

列车到达济南已是第二日中午。我们下车，吃了东西，就在候车室的长凳上睡了一觉；傍晚，又登上列车继续南下；昏天黑地地乘了十几个小时，终于来到上海。

突然间，我们发现自己被抛在一个陌生的世界里，虽然这纯粹是我们自己的选择。一个口音不同、穿着不同、形象不同的世界使我们三人显得极为孱弱无援。大概由于我们的褴褛衣衫和北方口音，我们第一次问路就遭到粗鲁的对待。我蓦地记起水冗所说的电影院刺眼的灯光，不禁开始怀疑这次旅行是否能创造一种天真的轻松。吃过早餐后，大家感到烦躁的心情稍为缓解。止戈提议先找一家旅馆休息一天，然后南下杭州。水冗则想在上海逗留两天，逛一逛南京路；我说来上海看一看外滩最有必要。三个人三条主意，可悲的是，居然无人愿意做出让步。几年之后，止戈在给我的一封信中曾提及此事，问我：我们为什么会变成那样？我不知道；时至今日，也不得其解。于是，我便去外滩，水冗去逛南京路，止戈则去找旅馆休息。

翌日，我们一起南下杭州。在杭州的几日里，我们有意无意地避开像西湖和灵隐寺这样的名胜古迹，专寻僻静所在，坐下来，品一壶地道的龙井绿茶。然后，我们从杭州乘船沿大运河北上，过太湖，在无锡登岸，准备再折转南下，去苏州一游后动身北归，结束这次旅行。几日的颠簸早已使三人疲困不堪，于是，我们就近找了一家旅馆，关起门来，蒙头大睡。一觉醒来，已过午夜，便懵懵怔怔地赶往火车站，检了票，上了车,寻到一个角落,伴着车轮的轰轧声继续昏睡。

清晨,我被一阵尖厉的汽笛声唤醒,睁开眼,就看到水冗坐在身旁,目不转睛地盯着止戈,一脸的懊丧,而止戈的嘴角则挂着恶作剧般的微笑。我知道事情出了差错。列车播音员播出前方将要到达南京车站。我吃了一惊。突然,止戈爆发出一阵歇斯底里的大笑。我和水冗忍俊不住,紧接着也大笑起来。我们乘坐了一趟北行的列车,与目的地苏州背道而驰,就时间而言,永远地错过了前方未曾到达的那个目标,使它变成一个没有经验过的过去。

"今天算是错到了极致。"笑过之后,我说。

"下一站换车还来得及。"水冗说。

"晚了!"止戈说,"永远回不去了。"

我们似乎都悟到了点什么,心中感到一种从未出现过的安然。慌乱和焦躁又有什么帮助呢?它们能引导我们不乘这趟北行的列车吗?况且,我们并没有迷失方向,因为北方终究是我们的归宿。

列车在南京逗留一刻钟。我们下车洗漱用餐。当列车启动、继续北上时,我们都觉得异常的轻松,虽然这种轻松的背后有可能隐伏着巨大的悲哀。闲来无事,我提议每人讲一段迄今对他印象最为深刻的经历。抓阄的结果是我第一个讲,止戈其次,水冗再其次。于是,我沉吟顷刻,便讲述了我在农村插队时的一段离奇的故事,一匹非马的故事。

我下乡插队的村子叫磁瓦村,古来盛产陶瓷器皿、琉璃砖瓦,曾繁华富庶一时,左近享有声名,言道:"有女要嫁磁瓦汉",即此写照。至今,仍有人家保留制陶烧陶技艺,虽不再以它为生,却把它视作珍贵遗产一代一代地悉心传授下来。

村中制陶烧陶的能手并不鲜见,其中之一是五叔。不幸的是,五叔贪杯,一夜醉酒,自坡上跌落,折了右臂,从此不再与制陶烧陶打交道,进饲养院做了饲养员,一做便是三十年。

五叔初到饲养院的时候,村里刚买了一匹枣红马驹,遍体赤烈,不夹一根杂毛,极惹人喜爱,五叔更视之为掌上明珠。在他的精心料理下,不到一年,那牲口竟出脱成一匹高头阔背的骏马,驾辕套车,耕田耙地,龙腾虎跃一般,还生育了四匹同样漂亮的马驹。村里人知道枣红马为他们的生存出了大力,每当谈论到它的时候,总是满怀崇敬的心情,犹似一个人提及祖辈的辉煌业绩,不敢有丝毫的怠慢和亵渎。

然而,十分遗憾,时间并没有就此对枣红马格外垂青。三十年后,五叔逝世之际,它终于衰老得低下了曾经高贵的头,虽然偶尔一声嘶鸣仍能使人依稀可辨其当年的风采。五叔先枣红马而去,无声无息地终了在饲养院,因无家无嗣,邻居们凑钱置口薄棺,将他安葬在村东的盐碱滩里。也许枣红马真的通解人性,五叔的骤然消失加速了它的衰老。几日之间,一匹满膘的马变得瘦骨嶙峋,本是光洁的皮毛也黯淡不理,肚腹上白斑块块,两只红肿的眼睛流淌着浓黏的眼泪,尾巴也不再拍扇蚊蝇的叮咬,四蹄颤抖着像寒风中的四株树苗,每一分钟都有折断的可能。一天,它终于倒卧在厩房的污秽里,喘息着,奄奄待毙。

每当我想起十几年前那个幼稚的、充满同情心的青年,我的脸颊总是滚烫。我怀疑过,却从未后悔过。因此,我常常思忖:也许正因为我们每个人的幼稚和同情心,人类才得以拯救。当时,我站在枣红马的厩房前,看着它一分一秒地接近死亡,心里便涌出一股巨大的惋惜。恐怕是我想到它曾有过一个光焰照人的过去，就觉得那个过去不应该如此轻易地消失，不应该如此残忍地被时间抹去。我认为枣红马落至这般地步基本上由人为的疏忽所造成，只要五叔有一个接班人，它必定能起死回生，重抖昔日的威风。我把我的想法告诉李德廉队长。他听后，乜斜我一眼，右嘴角向上翘动，露出一个讥刺的笑容。

"好哇！"他半认真地说，"你就去饲养院给大伙显显奇迹。"

"你不是说笑吧？"我问。

"说甚笑？"他愠怒地说，"你明天就去饲养院干活吧。把枣红马喂死不打紧，把其他牲畜喂出毛病，你可要坐班房啰！"随即，爆发出一声骇人的大笑。

那笑声像一块烧得通红的铁烙在我的心上，多少年后的今天，我仍然能够感觉到创伤的隐隐灼痛。我不再犹豫。第二天，我卷起铺盖，扛着小木箱搬到饲养院，开始我青年时代最冒险、却最有意义的生活。

起初，事情的发展出乎意料的顺利。我为自己制订了一个日程表，使一切都按理性规定的轨道进行。首先，我请了二楞，为枣红马的厩房铲粪、垫土、消毒，在枣红马的身下铺了一层松软的麦秸，给它创造一个干燥温暖的居住环境；然后，请了木匠，为枣红马修补厩房的房顶和四壁，再制作一只特别的食槽，搁在它的身边；最后，请了公社的兽医，为枣红马诊断、灌药、洗涤肚腹的斑疮。闲暇时，我便在村中请教有饲养经验的农民，翻阅有关饲养学方面的书籍。那些年，书籍奇缺，饲养学的书籍更缺。这使我想起庄子描述马兴奋时交颈厮磨的故事。历史似乎拖欠我们这些晚出世的人一笔债务，我常常想，如果庄子同时写一部养马的书，我今日岂不跟马一样快乐吗？

冬去春来,当枝头刚刚绽出细嫩的绿芽时,枣红马又能够颤巍巍地站立起来了。天气暖和的中午,我牵着它在村边的小路上散步,走累了,就让它在井台边饮水歇脚。我通常喜欢燃一支烟,坐在石槽上观察它的动静。枣红马饮了几口水,眼睛里和鼻孔里就慢慢淌出浓黏的液体。蓦地,我的心头一紧:难道它真的不中用了?那么,我现在所做的一切努力岂不是为一场不可避免的悲剧做铺垫吗?听说考古学家曾在北国寒带发掘出一副巨兽的骨骼躯架,那种动物称为猛犸象,早已绝迹地球。我在枣红马高大的骨架中似乎看到猛犸象的影子——一个只具有怀念价值的存在,嘴里便有一种说不出的苦涩。

　　回来的路上,我感到情绪恶劣至极,并不是由于我开始怀疑当初接任这项工作的激情,也不是由于我不明白枣红马最终的结局,事情的不可思议在于一个背反之理,一个自相矛盾的起点。那就是:你明知道它的无意义,却仍然要把它当作有意义的事情去做。也许人们都在为一个无意义的目标做着有意义的事情,我想,我自己大概也不例外吧。也许"目标"是次要的和暂时的,而全部的意义都包含在"做"的过程中;或者,那个过程便是全部的意义所在。

　　然而,那时,岁月还没有赋予我一种智慧,使我在认识这个过程的同时,获得内心的坦然和平衡。枣红马停下脚步,又开后腿,撒了一泡尿,臊臭的气味顿时把我从遥远的地方唤回。我抬起头,看见一位年迈的女人左手牵着一只羊,右肩扛着一柄锹,沿着田陌小道缓缓走近。

　　"遛马呢?"她寒暄道。

　　"大娘,"我应着,"放羊呢。"

　　"顺便给五叔的坟垫些土。"

○
○

马非马，从来与马无关。

村里人都知道我的房东，即二丑的母亲与五叔有一段情史。

"五叔泉下有灵，一定对你感激不尽。"

她轻轻叹了口气，半晌无语。

"这马儿到时候了，"片刻，她说，"就是五叔在世，也一样喂它不活，你不用逞能。"

"试试吧。"我淡淡地说。

这一夜，我失眠了。我坐在饲养院的大铡刀上，背靠枣红马厩房的墙壁，嘴里衔着一枝干草，望着满天的星斗，痛苦地进行自我反省。我知道事已至此，回头是不可能的，因为我们永远回不到开始的位置，正如一颗恒星的发生，正如我的母亲把我带到这个世界上来，恒星将按照宇宙规定的轨道运行，而我将遵循命运的指引去生存和消亡。

几个月过去了，玉米和高粱已经长得齐肩高，小麦也由绿转黄，趋向成熟。但是，枣红马依然如故，瘦得单薄，瘦得可怜。那天，我在街上遇到李德廉队长的母亲李家奶奶，闲聊中，她告诉我，听老一辈人说，灵芝草有起死回生之效。我恍然大悟，古人称其为灵芝，必有道理。芝为一种香草，后来泛指香草；灵，意即神验的，非人力所及的，匪夷所思的。那么，灵芝便是具有超凡之性的香草。当即，我去请教村里的郎中。老先生翻开药典，解释道：灵芝属蕈类，多出生于峭壁之上，喜阴，形状椭圆，呈黛色，有大若盘碟者，最为年久稀贵；自然晾晒干燥后，入药、外搽内服均可，有疗伤止疼、调补血气功效。

"就这些？"我微微有点失望。

"你还想知道什么？"

"有没有起死回生一说？"

老先生摇摇头，说："圣人治未病，而不治已病。药不得已用之，只能防患，不能祛疾。何言起死回生？"

我的脑中总是摆脱不掉一个美丽善良的仙姑的倩影。她历尽艰辛，采回灵芝仙草，救活了一位病入膏肓的落魄公子的性命。童年的故事是那样顽强地贴随着我们，实际上，它溶化在我们的血液里，影响我们的心理结构。尽管老先生的话令人气馁，我还是决定试一试，悄悄地试一试，即使失败，也不会招惹流言蜚语的嘲弄。我当即给家里写了一封信，请母亲想方设法买一些灵芝。过了一段时日，母亲来信说，灵芝买到了，希望尽快托人给我捎来。正巧，村里的第一大秀才艮子要去省城为儿子治病，我便请他替我把东西带回。

"你买灵芝何用？"他大惑不解地问。

"治病。"我说。

"灵丹妙药乃道家求仙之术，你怎可轻信于人？"

"倘若尚有一线希望存活，难道你不想试试？"

艮子思索片刻，说："试试当然无妨。然而……然而，凭你我之力，何以与命运抗衡？"

"既知注定要丧失，何愁之有？"

艮子一怔，遂哈哈一笑。

"言之成理。"他说，"言之成理。人之软弱莫不起始于得失之患。多谢赐教！"

母亲为我捎来的包裹极大，令人诧异，然而，待到层层剥开包裹之后，我才发现众多的衣物中夹着两块比一般的蘑菇大、比一般的手掌小的东西。我想这个深褐色的玩意儿便是灵芝了。母亲附着一信，说两块东西来之不易,希望它们能对我的前途有所帮助。我立即领会了母亲的意思:她以为灵芝是准备贡给什么人滋补阴阳的。我漫不经心地一笑,把灵芝在小石磨上碾成粉末,用水调成糊状,然后,搅拌在草料中。我把掺了灵芝的草料端到枣红马的厩房,倒在食槽里,伸手拍拍枣红马的脸颊,心中就默默地念叨:

"枣红马,成败只此一举,千万不要使我失望。"

两天后的一个午夜,我被一阵咴咴的嘶鸣惊醒,赶忙披了衣衫,来到枣红马的厩房,惊喜地看到枣红马在厩里绕着四壁小跑。它时而引颈长叫,时而扬蹄踢腾,马灯下,两只血红的眼睛喷着火,疯了一般。起初,我以为它受到老鼠或黄鼠狼之类的小动物的惊吓,拎着马灯四处查看一遍,并不见任何动静,这才意识到灵芝化腐朽为神奇的功力。我舀了半桶水搁在食槽内。枣红马饮过水后,镇定下来,却奇怪地躲避我的抚摸。我拿了一副笼套套在它的头上,把缰绳在木桩上拴定,然后,回房抽了一支烟,脱衣就寝。第二日醒来,我兴奋地发现枣红马一夜之间已恢复了往昔的神骏,高高地扬着头,棕红色的毛皮熠熠闪光,四蹄奋起时荡起一串灰尘。它欢快地在田野里奔驰,人们停止劳作,伸直腰,欣赏它的美丽风采。突然,它闪失前蹄,倒下了。我从它的脊背上重重摔落……急促的钟声响了,我醒来才知道,刚才的事原是南柯一梦。我抹抹汗涔涔的额头,感到四肢奇特的疲乏。那便是枣红马和我的结局吗?我心悸地想。这时,我已经充分意识到我的命运和枣红马的命运永远地联系在一起了。

枣红马经历了一段短暂的骚动后,终于显示出好转的趋向。当秋天来临的时候,它真的如我梦中所预示的那样,恢复了以前的结实和光泽。我看着它的脊背一天天隆圆,它的头一寸寸扬高,它的鬃毛一点点涂染上金辉。奇迹终于发生了。消息迅即传遍全村,男女老少涌进饲养院,聚集在枣红马的厩房前,观瞻他们心中的一块瑰宝重获新生。我在人群中看到许多熟悉的面孔:桂香的眼光里流射出羡艳,生龙冲我跷起大拇指,金平赞许地拍拍我的肩膀,二楞仍旧咧着嘴傻笑,木匠和二丑说应该喝杯酒庆贺一下,艮子妻和月娥站在一旁默不作声地观望。李家奶奶和她的三个儿子李德洁、李德长、李德治以及孙子李继明也来了。老太太以训示的口气对他们说:

"你们都看见了!只要功夫深,铁杵磨成针。"

晚间,李队长来到饲养院。

"你还真他妈的行。"他哈哈一笑,说,"再过几个时日就要种麦子了。队里缺牲口用,枣红马正好派用场。"

我心里不乐意,却又不敢直言,便委婉地劝道:"是不是急了点?"

"嘿,急?急球。牲口养了就要用么,有甚舍不得!"

我以沉默表示反抗。

"我说,"隔了一阵,他说,"趁枣红马还有口气,再让它配一次种,说不定真还能生个驹子呢。"

我气得眉头一皱,没好气地说:"枣红马早就过了生育期。"

"你晓得个屁。"

"书上说的。"

"书上还说骡马活不过三十呢,你信球也不信?"

我无言以对。坐在我面前的这个人在地球的一角享有无限的权威,建设和毁坏听凭他的意志决断。那一刻,我还不知道,最具有悲剧性的并不在于他的意志代替了他的权威,因此,他不再是他自己;悲剧在于他的意志建筑在一个善良的愿望之上,而他所做的一切,不论美丑,都被那个善良的愿望道德化、合法化了。多年之后,每当我想起李德廉队长这个人物,我的脑中便会激弹出这样一个问题:为什么那片土地会滋养他那种人呢?抑或是他那种人滋养了那片土地?

枣红马终于被套进大车,两根坚实的木辕重新压上它那刚刚隆圆的脊梁。大车载着麦种和种麦子的人,随着车夫的鞭梢划过天空,爆出清脆的响音,向薄雾笼罩的田野缓缓驶去。我站在村口的石磨盘上,眺望着枣红马阔步高视的神态,心里便涌出自豪。然而,自豪并没有持续多久,因为我似乎又看到车夫的褐色的脸,冷漠得像一块铁板,他手中的鞭子威胁地在枣红马的头顶盘旋。

天擦黑的时候,枣红马回到饲养院。它的鬃毛已经湿得拧成一团,似水中浸泡过一般。我为它卸鞍、添草、饮水,之后,牵着它在打谷场附近遛脚,这才把它送进厩房休息。第二日,枣红马又精神抖擞地套进大车,开始一天的劳作。这样,过了数日,我并未发现它有任何异常,悬吊着的心随之落下。我去供销社买了一瓶高粱白酒,一个人坐在饲养院的小屋里,对着马灯独自斟酌,庆贺自己的成功。虽没有"对影成三人"的情趣,却也不失清雅飘洒。

时间在我的自我陶醉中送来了冬季。庄稼人已经歇闲。每天早晨,太阳晒得墙根暖和的时候,人们便蹲在那里吃饭吸烟聊天。那天,李队长领着一个中年汉子,中年汉子牵着一匹高头骏马招摇过市,大踏步地进了饲养院,径直走向枣红马的厩房。

"你把它牵出来。"李队长吩咐道。

"做甚？"我问。

"有好戏呢。"他冲我诡秘地笑笑，"你们城里人怕从来没见过，这一回，叫你大开眼界。"

我隐约觉得"好戏"与配种一定有什么联系，只因从未目睹过牲畜交配，不由得被"大开眼界"冲昏头脑，竟解了枣红马的缰绳，把它牵出厩房。中年汉子走近枣红马，掰开它的嘴看看，然后，绕着它打量一圈，调戏般地东摸西捏，摸捏完毕，朝李队长点点头，却自始至终不吐一字。

"把饲养院的大门关了。"李队长说，"女人和娃娃不准进来。"

我照着他的吩咐把饲养院的大门上了闩。

中年汉子把自己牵来的那匹高头骏马拉到枣红马跟前，围着它走了几匝，像杂耍的艺人在做开场的噱头。高头骏马在枣红马的周身不住地吸嗅，时而打几个响鼻，两只粗大的鼻孔终于停留在它的尾部。中年汉子伸手撩起枣红马的尾巴，高头骏马的两片厚大的嘴唇便迫不及待地凑贴在它那片黑黢黢的排泄——生殖部位上。中年汉子伸出手臂，微侧了身，探摸到高头骏马的肚腹之下，轻轻地拍击着；不一阵，一条同样黑黢黢的排泄——生殖器官，像油压千斤顶似的，自高头骏马的两只后腿之间缓缓挺出。中年汉低喝一声，陡然跃至一旁。枣红马奋起后蹄猛踢，眨眼间，已蹿出一丈。高头骏马一阵长嘶，甩开四蹄向枣红马追去。两匹马在饲养院的空地上游戏起来。高头骏马多次扬起前蹄，却始终未能稳稳地搭在枣红马的后臀上。这时，饲养院的门口已经聚集了不少看热闹的人，其中当然有女人和娃娃。李队长恼怒地破口大骂，撵走一部分好奇的人，随即邀了中年汉子，趁枣红马驻足喘息的当口,揽了它的缰绳,把它拴牢在木桩上。高头骏马终于获得一刻大好的机会,前蹄高高跃起,就在枣红马撅起后蹄,再度挣扎的一刹那,将半个身子重重地压伏在它的脊背上。高头骏马那条黑黝黝的东西忽然消失了。枣红马仰着头,叉开后腿,身子倒倾,嘴唇翻起,宽厚的牙齿龇露在外,口水顺着下唇如线淌落,整个面部扭曲得像一棵盘根错节的老树,那样痛苦,那样丑陋,非语言可以形容。我震惊了。突然,李队长爆发出一阵狂笑,不知由于激动,还是由于紧张,他的脸上红光焕发,神采奕奕。

"你看它这副好活受用的样儿!"他指着枣红马嬉笑地说,"做皇帝也不过如此!"

他的话真正激怒了我。直到那一刻,我从来没有像憎恶他一样憎恶过任何人。然而,这一次,我错了。多年之后,回首往事,我才认识到他说的并不是假话,起码他说话的用心并不像我想象的那般无情和残忍。实际上,他无意中道出了一个哲理。在高头骏马的前蹄搭上枣红马的脊背的那一刻,丑和美、痛苦和幸福已经融为一体,不可分割了。我们所能看到的只有欲望,纯粹的欲望,上至皇帝,下通庶黎,无不为它所左右,正是它才可被称为生活的本质。

高头骏马从枣红马的身上跃下,打了两个响鼻,扬起头,一副得胜者趾高气扬的姿态。枣红马转过身,在它的朋友的肚腹上吸嗅几回,然后,抬起头,怔怔地看着周围的一切,似乎在思索刚才发生过的事情。中年汉子走到李队长跟前说了点什么,接着,牵起高头骏马,开了饲养院的大门,扬长而去。李队长从木桩上解开枣红马的缰绳,交在我手里,叮嘱我把枣红马牵回厩房好生料理。

“来年生驹子，奖你一百块钱。”他说。

我苦笑一下，无可奈何地说：“李队长，你知道枣红马再也经不起折腾，这次配种究竟是祸是福还很难说呢。”

“你是什么意思？”他勃然大怒，“你要教训我？好像我不晓得爱惜枣红马。我为谁？队里近千张口等着吃饭，多一头牲口，就多了一条活路，耕地套车都好使唤，有甚不好？”

“你别误会……”我嗫嚅着。

“不用说了！”他厉声打断我的话，“别以为你做了点成绩，就自高自大起来，不把人放在眼里。我过的桥比你走的路都多。哪天你干得不耐烦了，就说话，地球离了谁也照样转。枣红马……哼！人都固有一死，何况马！”

我站在原地，紧闭着嘴，听他唠唠叨叨地发泄，眼光追踪着他的两只大脚慢悠悠地踱出饲养院。我回到小屋，点燃一支烟，躺在炕上，心中就感到一阵委屈和凄苦，眼泪急涌而出，顺着眼角扑簌簌滚落。理想的小舟在现实的礁石上撞碎了！一位诗人沉痛地感叹道。于是，他举起枪，对准自己的太阳穴，扣动扳机，打碎了自己的头颅。我不知道自己当时是否坠入同样的幻灭的深渊，但是，我一定意识到小舟的脆弱和礁石的坚硬，否则，我的稚嫩的心灵里便不会充满稚嫩的悲伤。

枣红马咴咴的呼唤把我从自我怜悯中拯救出来。我揩干泪水，走出小屋，来到它的厩房，给它添了草料，一边看着它咀嚼，一边就想到它所受的委屈比我的更大、更强烈：我不过在骄横的打击下略受伤害，而它则被一个意志野蛮地强奸了。

冬季是在愁闷忧虑的心情中度过的，枣红马是我唯一的伙伴。我常常坐在烧热的炕上，苦苦地思索着不属于我的年纪的那些事情，苦苦地思索着命运，试图把它嵌入一张统计图表，勾略出欢乐、痛苦、悲怆、忧愁的百分比。这种思索除了使我的性格更加深沉，使我的心灵更加滞重之外，别无他赐。

春节过后，良种站的人来检查枣红马，惊异地发现它已经怀孕。这个消息顿时震动了全村，人们涌进饲养院，观瞻枣红马的风姿时，已经不像先前那样只带着随意的喜悦和好奇。这一次，他们的眼光中流露着虔诚和畏惧，仿佛枣红马是一个超自然的神物，令人费解。当又一年的耕作既将开始时，枣红马已经显示给人们一个逐渐膨胀的肚腹。每天黄昏，我牵着它在村边的大道上散步，偶尔遇到村民，便停脚闲聊一阵。他们通常站在离枣红马两三尺的地方，指手画脚地称赞它的神奇和美丽，却从不走上前去摸摸它的鬃毛。在夕阳的辉映下，枣红马遍体红光闪亮，直如镀了金一般，显得珍贵而神秘。然而，不幸的是，这时，我的眼前便会出现一个幻影，一个邋遢、苍老、可怜的老马的幻影，取代了此刻的富丽堂皇。一个声音告诉我：枣红马的现在只是短暂的，我将要看到并且必须忍受的是丑陋和死亡。我往往因此而被惊吓出一身冷汗，埋怨自己在做噩梦、说疯话。我不断地记忆起以前曾想在喂养枣红马的过程中为自己争取解脱的念头，现在看来，那个念头是多么天真烂漫！枣红马和我已经互为归属，还谈什么解脱！无意中的一项选择竟使我俯首甘受其奴役和宰割，以致越陷越深，虽明其理，终不得拯救。呜呼！难道这便是所谓的生活的悖论吗？

枣红马的预产期原本在中秋节。然而，月亮圆过了，月饼也吃过了，枣红马还是没有生产。它的肚腹实在过于庞大，支撑它的四条腿像秋风中的黄叶，抖瑟着，随时都可能坠落枝头。我在枣红马的身边厮守了整整七个昼夜，仍不见任何可喜的迹象，便有些急躁不安。第八天的晚上，李队长来察视，看到我的眼中布满血丝，一副疲惫憔悴的神态，出人意料地表现出一股怜惜之情，强令我去睡觉。我也不再逞能，就睡了几个钟头，深夜两点多醒来，披衣来到枣红马的厩房，在昏黄的马灯下，发现李队长半跪在枣红马的尾部，双手满是鲜血。我揉揉眼睛，心里突然感到一阵兴奋。李队长大概听见身后的动静，扭过头，见是我，喘了一口气。

"你来得正好。"他说，"刚生球了一半。"

我也不答话，从木柱上摘了马灯，蹲下身，就看见一团血肉模糊的东西软软地拖在枣红马的生殖器外，分不清是死是活。李队长用双手捧住那团东西，慢慢地往出拽，鲜血染红了枣红马身下的草秸和棉花。那团东西终于一点一点地来到这个世界上。当它的四条腿和一根细小的尾巴全部暴露在马灯下的时候，李队长终于长长地舒出一口气。

"人也是这样生出来的吗？"我问。

"嗯。"

"你我都是这样生出来的吗？"

"你少他妈的废话！"他不耐烦地说，"快舀些水，让我洗手。"

我瞟了他一眼，见他的脸部表情极其不悦，就不再吱声，赶忙去端了水来，伺候他洗手，他洗了好几遍。然后，我又和他一起收拾血迹斑斑的厩房。枣红马显然疲倦地卧在地上，那团肉滚滚、黏稀稀的东西躺在它的身边。李队长从衣兜里掏出一包香烟，破例递给我一支，自己燃一支，便懒洋洋地蹲靠在厩房门口，一阵猛吸，烟头的火光不断地把他紧锁的双眉照亮。我坐在草秸上，担心着那团软弱的东西的死活，不时地扭过头来多瞅它几眼，似乎看到它的身体的某个部位隐约起伏，像呼吸，又像心脏跳动，才相信它仍是一个活物。

我和李队长走出厩房时，已近凌晨四点，东方仍是漆黑一片。他回家睡觉。我回到我的小屋，一头栽倒在炕上，浑身奇特的疲乏，眼睛却大睁着，竟没有丝毫睡意。一个生命诞生了，我想，另一个生命也许即将泯灭。诞生了的注定要成长，然后，走向泯灭；泯灭了的注定要湮没，溶于虚无。我似乎在那个生命的诞生中窥视到我自己诞生的秘密——一个接生的医生捏住我的双腿，把我倒着拎起，在我的红嫩的屁股上拍打几下，我便响亮地哭出声来。于是，一个痛苦的历程开始了。直至今日，我仍然不时地被这样的问题所缠绕：为什么每一个婴儿来到这个世界上的第一个声音是哭泣，而不是嬉笑？先哲们赋予这个痛苦的历程无限丰富的内容和深邃的意义，然而，当我在另一个生命的泯灭中看到自己的泯灭时，我不能不向天而问：所有的丰富的内容和深邃的意义是否人们一厢情愿的自我消遣的手段，而并不具有任何终极的价值？哦，我多么希望有一个人能够安抚我这永恒的焦虑！也许这个人根本就不存在（没有存在过，也将不会存在），只有时间，那个滴滴答答、周而复始的节奏，才能带领我走出人生的迷宫。

在我的梦游般的冥想中，大地迎来又一个淡青色的黎明。我想到枣红马和它的婴儿，便步出小屋，来到厩房中察看。刚刚走进厩房的木栅门，我就被眼前的景象震慑住了：蜷缩在枣红马肚腹旁的那团东西拱动着，缓缓挺起它的深棕色的身躯。突然，它仆倒在地，像一座坍塌的草棚，无声无息。当它顽强地挣扎着，终于能够摇摇晃晃地再度站立的时候,我几乎停止了呼吸。这一次,我看得清楚。天哪,这哪里是一匹马驹!我简直没有勇气描述它的形象。它长着一颗叭喇狗般的肉头,一张河马似的阔嘴,两只牛犄角状的耳朵,四条弯弓状的细长瘦腿,再加一对气泡式的鼓凸的眼睛,除了四只硕大的蹄子之外,竟没有任何特征能够令人联想到它的母亲。苍天跟我开了一个多么残酷的玩笑,我自嘲地想,枣红马将要遗留给我的竟是这样一个非马非驴非骡的怪物!蓦地,我感到生活此刻把它的全部滑稽之处无遗地暴露在我面前。我变得异常冷静,我没有愤怒,没有气馁,更没有烦躁和忧伤。我笑了,虽然笑得并不天真,并不轻松。

东方显露出第一线橘红色的霞光。我清楚地知道,再过一阵儿,当阳光送来温暖时,人们将聚集在这里,用他们的冷漠无知的舌头,撕碎我唯一的梦。而我会怎样呢?我会拾起零星的碎片,寻找一个角落躲起来,慢慢地缀补它们,在缀补的过程中,把自己的影子重新编织进去。

"我会吗?"我扪心自问,"然而,我还有其他选择吗?"

我又笑了,笑得跟第一次一样复杂,一样无可奈何。我回到小屋,穿着停当,牵了饲养院的牲畜去村边的井台上饮水,饮毕,为枣红马添了草料,望一眼卧伏在枣红马一侧吮奶的那个奇怪的小东西,然后,大步出村,爬过一道坡,向山里走去。我要沿着一条九曲回肠的老路,去寻找松涛、鸟鸣和哗啦啦流淌的山泉,去寻找一片迷人的平和与宁静。

列车在缓缓地减速,车轮与钢轨剧烈地摩擦,发出刺耳的声音。我感到身子一晃,列车停了。

"蚌埠车站到了。有在蚌埠下车的旅客,请下车!"

"我有点饿。"我说。

"你找到了吗？"水冗问。

"甭发傻。"止戈说。

"找到什么？"

"你要找的东西。"

"即使找到，"我说，"也不过是暂时的。否则我就不会跟你们一起走这趟路了，当然，也不会讲述这个故事。"

"那个东西……那个怪物，"止戈意味深长地说，"应该有个名字才对。"

"我后来的确给它起了一个名字，"我说，"叫'骒'。马字旁，右边一个非字，读 fēi。这个字本来的意思是拉边套的马。我想，它虽是马所生，却不是马，权且称之为非马吧。非马拼凑成字，当然就是骒。"

"这名字不错。"止戈说，"是我们的名字。"

"后来它怎样了？"水冗问。

"它活着，一天天地长大，比刚出生时好看了一些，精瘦精瘦的，却相当有力，也相当倔强。还有一个怪癖：啃缰绳。啃断了不知多少根，拿它没法。有一天，李队长心血来潮，把它牵到良种站，想请人鉴别一下它的种类，结果，乘兴而去，扫兴而归，气得一路大骂良种站只养着一帮'算球不长，算蛋不圆'的废物。村里人都觉得，既然连那些知书识礼的人都不知道'怪嘴'是什么东西——哦，他们也给它起了个名字，叫'怪嘴'，它一定怪得不能再怪。怪得不能再怪就是不正常到了极点，就是祸根，还是早些处理掉的好，否则，后果不堪设想。然而，直到我离开磁瓦村，也没有见任何人自告奋勇去干这件处理的勾当，一来大概怕惹一身晦气,二来李队长不发话,谁也不敢轻举妄动。"

"不知它现在如何?"

"想必还活着。偌大个世界,总会有它的立脚之地吧!"

"未必。"水冗说,"枣红马呢?"

"死了。生了骓之后不久就死了。村里人把它葬在村东的盐碱滩,算是上好的待遇。好了,我真饿了。买两只烧鸡吃吃,怎么样?"

止戈悠悠地站起身,叹了口气,说:

"我们不幸被造就了!"

"走吧。先吃点东西再说。"我催促道。

我们三人下了车,就在站台的流动售货车上买了烧鸡和啤酒,上车后,大嚼,竟顾不及言语。当列车启动,车窗外吹进阵阵凉风时,我们已经酒足饭饱。

"喘口气,该讲第二个故事了。"我说。

"我要讲的是一个同样的故事。"止戈说。

"你呢?"

"也是同一个故事。"

"我明白。"我感动得想落泪。

"我们不幸被造就了。"止戈又说。

随着是一个极长的沉默。列车轰轰轧轧地向前滚动,单调乏味的咣啷声使人疲倦,使人昏昏欲睡。我的眼前又朦朦胧胧地出现那个姑娘的影子,还有枣红马和骓的影子伴随我的左右,却一直若即若离。

"你到底要什么?"姑娘问。

"我也不知道。"我回答。

158

“你怎么会是这副模样？”枣红马问。

“我不知道。”骓回答。

“下一站到哪儿？”水冗问。

“走到哪儿算哪儿。”止戈说，“睡吧！”

于是，我们便沉沉睡去。

贼

老鳖和我都做过贼。刚认识老鳖的时候，我还不是贼，后来才学会了做贼，而那时老鳖已有贼龄十年了。贼有大小之分，大贼窃国，小贼偷物，还有夹在其中的那些不大不小的贼，或明或暗，或合法或非法，做损人利己的事情。

老鳖和我都是小贼，专门偷人的钱包。外人称我们为扒手，我们自称为钳工。钳就是手指，工则说明这是一项职业，正如工厂里的车钳铆焊铸工一般，靠技能吃饭，虽然这饭吃得不怎么光彩。

那年月，除了上山下乡接受再教育之外，好像没有什么光彩的事情可做。我就跟父母说，我要到山脚下的磁瓦村去光彩一番。父母说去吧，反正待在家里无所事事，出去走自己的路。我很高兴，就去领了一个光荣证，一朵光荣花，一顶光荣帽，一只光荣挎包，同另外八十几个年轻人，一起来到磁瓦村插队落户。

记得进村的那天正是八月十五中秋节，学校黄土飞扬的操场上挤

○
○
如果他是一个贼，那"我"呢？

满了人,有哭的,有笑的,还有傻愣着的。村民们靠着石墙边立了,看耍猴似的兴致勃勃地看着我们这群陌生人。毛驴车横七竖八聚集在木制的篮球筐下,等着驮我们的行李。天是碧蓝的天,山是黛褐的山,我兴奋地想作一首诗。这时,一位干部模样的村民拿着铁皮喇叭宣布开饭了,人群开始向学校的大门移动。进了学校的大门,我看见右手边有一排平房,房前搭了一溜木桌,桌上摆着几个洗脸的搪瓷脸盆,脸盆里的饭菜冒着热气。众人分成几队在每张桌子前排开,我随便拣了一个队排在最后。眨眼间,我的身后也站了人。我扭过头,看见一个比我高出整整一头的小伙子,黑瘦黑瘦的脸,笑容可掬,露出一口显然被烟熏得黑黄的牙齿。

"你是哪一小队的?"他问。

"一小队。"我回答。

"我也是一队的。"

"啊,咱们一个队。"

"你姓什么?"

"我姓巫。"

"乌龟的乌?"他嬉笑着问。

"不是。巫术的巫。"

"我姓王,王八的王,别人叫我老鳖,你也叫我老鳖好了。以后我们乌龟王八在一起混,就是哥儿们啦!"老鳖说毕,哈哈大笑。

老鳖的笑声极为放肆,却富有感染力,即使你对他有天大的怨气,那怨气在笑声中也会烟消云散。从见他第一面开始,我便感觉到这一点,后来我们被分在同一屋檐下居住,就认识得更加清楚。也许正因为如此，我们在相处的四年当中，从来没有闹过不愉快。老鳖长我三岁，不仅事事相让，而且处处保护我，这便是为什么我个头小，却从来没有遭受欺负的原因。

第一次干农活是上房晒粮。晋中农村盖房的时候，大都把房顶用石灰掺炉渣砌得平平整整，然后几十号人赤脚蹲在上面，手持木棍打砸，直到瓷实为止。这样，干燥后的房顶坚硬光洁，可以用来翻晒积存的粮食。上房晒粮要扛麻袋爬梯子，麻袋一百四十斤重，梯子三四米高，一步一颤，闹不好就闪了腰，一辈子残疾。我经不住他人的刺激，就弯了腰，让两人把麻袋搁在我肩上，然后摇摇晃晃地扶着梯子攀登，爬了两三节就支撑不住了，麻袋从肩上滑脱，重重摔在地上，荡起一团尘土。我自己出了一身冷汗。这时，老鳖恰巧从茅房出来，见此情景，骂道：

"你们他妈的心怎么这么黑！他还不足十六，坏了腰，怎么向他爹妈交代！"

领头的副队长说："他自己逞能。"

老鳖火了，嚷道："他吃屎，你也吃屎？"

副队长也很硬，对骂道："你算什么鸡巴东西，敢跟老子放肆。"

老鳖眼睛一瞪，"操你祖宗，老子放你的血。"话音未落，人已冲上去。众人赶忙把他拉住，副队长吓得脸色惨白。

从此以后，老鳖落了个坏名声。不过，这个坏名声也有好处。在那个时代，名声越坏，人也就越安全，因为没有人胆敢招惹。老鳖很懂这个道理。事情过后，他笑笑，说他不过吓唬而已，不到万不得已，哪会真放人的血。这就是老鳖，豪放之中带着狡猾，看似鲁莽，其实粗中有细。

随着冬季的来临，乡村似乎失去了秋天的魅力。清晨，每当挂在街口的那截铁轨被敲响时,老鳖便缩在被窝里咒骂。我总要叫他三四次,他才肯起身。我们睡眼惺忪地一起来到街上,蹲在石阶上等队长安排活计。冬天的农活就那么几样,或者去捆高粱秸,然后把它们装上马车运回来,再用切割机切成碎段,堆在谷场边沤肥;或者去平田整地,拉着小平车,把村北头的沙土运到村南头的黏土中;或者翻粪,穿着雨靴,挥着粪叉,把山一样的粪堆一叉一叉地里外翻一遍,沤好的肥翻出来,没沤好的翻进去。我们一般六点半出工,八九点回来吃早饭的时候,早已饥肠辘辘,一点儿也不像早晨八九点钟的太阳那样朝气蓬勃。更糟糕的是早饭不仅不好吃,而且还吃不饱,千篇一律的玉米面窝头加小米稀饭,日日如此,月月如此,吃得人觉得没希望。这时,老鳖就打开箱子,拿点美味小吃出来打牙祭。老鳖不小气,不像有些人打着手电筒躲在被窝里啃酥皮点心,早晨起床时,满脊背的点心渣子。老鳖自己吃,也给别人吃,而别人当中,又数我吃得最多。时间久了,我就生出一丝歉意。

"老鳖,"我说,"你看,我光吃你的,你吃不到我的……"

"嗬,"老鳖笑笑,"你这小子倒穷讲究起来了。什么你的我的,有了咱们就吃,没有就算,别婆婆妈妈的。"

"我以后一定报答你。"

"不用你报答。咱们有福同享,有难同当。"

听了他这话,我就感到一阵热血沸腾。

但是,热血沸腾之后,我仍然不断吃老鳖的东西,吃着吃着就吃出点疑问:老鳖怎么能买得起这么多贵重的食品?有一次,老鳖打开箱子让我看,我就惊得张口结舌:满满一箱的食品自不必说,箱子一角的玻璃罐子里居然塞着一卷一卷的人民币。我从来没有见过那么多钱，一辈子也没有见过。

老鳖总是有花不完的钱，谁也不知道老鳖的钱是从哪儿来的。他买了极多的罐头存放在箱子里，比如说糖水鸭梨或红焖带鱼。那个年代，罐头相当昂贵，一般人家只是送礼时才舍得买，而收礼的人呢，又舍不得吃，就攒着下一次当作礼物再送给另外的人。这样送来送去，罐头就过了期，但是过了期的罐头一样珍贵，就像非洲人民送给毛主席的芒果，用蜡仿制了，传给全国人民观瞻。当罐头变成了奢侈品，罐头厂一定赚不到钱；其实岂止罐头厂，所有的人都赚不到钱。我们这些接受再教育的知识青年就更加身无分文，因为我们挣的工分比农民还低。农民处在社会经济等级的最底层，我们为最底层的人当铺垫。可想而知，能够买得起罐头的人当然有钱，而能够经常吃罐头的人一定有用不完的钱。老鳖经常买罐头吃，老鳖有用不完的钱。

我对老鳖的钱羡慕得要命，做梦也想着有一天像老鳖一样把十块一张的"大团结"卷成卷儿，放在空罐头瓶里，用的时候就抽一张出来，抽的时候最好有一拨人站在旁边看着，眼睛瞪得一式的圆。这当然是疯话，倘若真有一拨人看见我的钱，我的箱子第二天便会不翼而飞。

我对老鳖的钱产生羡慕，其实并不是因为我想显示给人看。那时候，没有人愿意说自己或者自己家里是多么阔绰，更没有人愿意说自己祖上是多么阔绰。阔绰是危险的。无产阶级不喜欢阔绰，无产阶级喜欢光屁股的孩子满街嬉戏，喜欢脚上踩着牛粪的人在蜡打的地板上跳芭蕾舞。我对老鳖的钱产生羡慕，主要因为我想报答他。

老鳖给予我的太多，我特别希望自己能为他做点事情，然而，他这

164

个人恰恰又非常自觉，从来不让我替他洗衣裳刷鞋，屋里和院子的卫生我们轮流打扫，倒尿盆分得更加清楚，一人一星期，不像四小队的那帮家伙，三五个人住在一起，尿盆硬是没人倒，没满的时候尿满，满了就尿得溢出来，然后无限期地摆在屋子当中，任其自然蒸发。老鳖绝对不会容忍这种肮脏的居住环境，他是勤快人，爱干净，衣服虽旧，却总是穿得整整齐齐；另外，他自己能干的事情，一定不求人。

当然，老鳖也有不能干的事情，比如说，他不会写信。老鳖说他不识字。这当然有点夸张，生在新社会、长在红旗下的青年不应该不识字。老鳖识字，只是信写得不好。我见过他写的信，开头一句：父亲大人您好！然后：最近您身体好吗？工作忙吗？家里都好吧？接下来，他就不知道再写什么了，完全是小学生的水平。老鳖本来就是小学生。他说他小学都没有毕业，母亲去世，父亲患了肺结核，他便辍学在家，帮助姐姐料理家务。家里很穷，没有煤烧。他先去捡煤核，后来直接去煤炭厂偷炭，偷了炭，又偷废铜烂铁，卖到废品收购站，得几个子儿帮补家里的油盐费用。再后来，他就跟街上的一拨痞子鬼混在一起。十五岁那年他进了少年管教所，一蹲就是三年。他说他很喜欢读书，只是需要补的课太多，叫人泄气。人读书才有出息，父亲常常这样教育他，甘罗十二岁做宰相，一方面靠天资聪明，一方面靠博览群书。

我说："现在最没用的就是读书。"

他反驳说："怎么没用？你看，我不读书，就不会写信，自己都不知道自己要说什么。"

我感到一时语塞，想了想，说："我是指读书不能当官。"

他说："读书当然不能当官。当官必须先入党，入党么……"

我说:"读书还是没用。"

他坚韧不拔地说:"当官没用,写信有用。"

老鳖不会写信,就让我替他写,写家信,后来也写情书,写完了,还念给他听。老鳖写家信写得很勤,平均每月一封,但是奇怪的是,我从来没有见他收到过任何回信。第一年春节,人人都喜气洋洋地打点行装回家过年,老鳖却无动于衷。我不解地问:

"别人都收拾好了,你怎么没动静?"

老鳖躺在炕上,头枕着被子,正在吹口琴,吹的是一首哀伤的曲子,后来我才知道那首歌叫《流浪的心》。

"别吹了,收拾吧。"

老鳖仍旧吹口琴。

"需要不需要我帮你收拾?"

"不用。"他说着,坐起身来,在左掌上磕磕口琴里的口水。

"你究竟回不回家?"

"不回了。"

"不回了?"我感到奇怪。

"这儿就是我的家。"

"你不用跟我装积极。"

"我没有家,"老鳖苦笑一下,"早就没有家了。"

"你胡说呢。"

老鳖跳下炕,打开箱子,就摸出一叠东西。

"你自己看。"他说。

我接过那叠东西,一样一样地看了看,总共六封信,邮票贴得端正,却没有寄出去。

"你怎么没寄？"我疑惑地问。

"往哪儿寄？"老鳖又苦笑一下，笑得很惨然。

我的心顿时沉了下去，沉了很久还没有到底。我不知道自己该说什么，就沉默着，琢磨该不该问老鳖究竟是怎么回事。他父亲呢？他姐姐呢？想来想去，我觉得还是不问的好，免得在这个节骨眼上又勾起他的伤心往事。

"你到我家去过年好不好？"我终于想出一个主意。

"你走吧，"老鳖说着，重新躺在炕上，头枕着被子，拿起口琴，"你的心意我领了。我一个人在这儿挺好，有吃有喝。你走吧。"

我感到鼻子酸酸的，眼泪不由自主地涌出来，又不愿让他看到，就背过身去，说："你多保重。"

春节刚过，我们就陆续返回村里。紧接着是一场大雪。雪还未开始融化，马车已经开始往地里送粪了。活计不多，我们一般只干半天，剩余时间就凑在一起下棋打牌谈女人。我喜欢下棋，老鳖喜欢打牌，但是我们都喜欢谈女人。谈女人自然要品头论足，有时还给她们起绰号。我们一小队一共有十名知识青年，五男五女，老鳖对其中一位短辫子姑娘很有好感，因为老鳖从来不对她品头论足，更不给她起绰号。元宵节闹红火的时候，老鳖在看宫灯的地方遇见了她，俩人在一起猜灯上的谜语。回来后，老鳖喜滋滋地对我说：

"她这个人不错。"

我问："不错在哪方面？"

老鳖笑笑说:"不错就是不错,没有方面。"

"她长得不错?"

老鳖并不回答我,说:"我能看得出来,她对我好。"

"怎么个好法?"

"她愿意跟我说话。"

"也许她性格开朗,跟谁都说话。"

"她跟我说的时候不一样。"

"怎么不一样?"

"她光笑。"

"老鳖呀老鳖,"我抑制不住嘲笑起来,"你真有本事。"

"你鸡巴毛还没长齐,知道个屁。"老鳖有点生气,说,"咱们走着瞧。"

在春耕那段时间里,老鳖常常吃过晚饭后出去,深夜才回来。我知道他是去找短辫子姑娘。我为他高兴,同时也为他担忧,因为所有的人都把青年男女之间的事情看成是不健康的资产阶级的黄色情调,一旦被人发现你和某人有私情,轻则写检讨,重则批斗,然后再记一过,存放在档案里,你就背一口作风不好的黑锅。据说村里的民兵夜间常常在村边的树林里巡逻,一方面防止阶级敌人搞破坏,一方面抓不正经的男女。我相信老鳖不至于愚蠢到不顾一切的地步,但还是劝告他警惕,因为他以前有犯罪记录。

一个皓月如昼的夜晚,我在睡梦中听到院子里狗吠,接着,吱呀一声门响。我知道老鳖回来了。

"哎,起来起来。"他摇着我的头。

"别闹了。"我嘟囔着。

"听我说，起来，听我说，"老鳖激动地不能自持，"知道我今晚干什么来着？"

"快睡吧，明天一早还要出工呢。"

"我亲了她一口！亲了她！"

我霍地从被窝里坐起来，睡意顿时消失得无影无踪，眼睛睁得奇大，羡艳地望着他。

"真的？"我仍然不太相信自己的耳朵。

"当然是真的。"老鳖兴奋地手舞足蹈。

"亲的是脸还是嘴？"

"当然是嘴。"

我陡然感到浑身发热起来，迫不及待地说："快给我讲讲。"

老鳖点了一支烟，坐在炕沿上，简短地描述了一番他和短辫子姑娘度过的良宵。晚上他们沿着村北机耕道一同散步，开始隔开一定距离，后来越走越近，老鳖就试着拉她的手，她没有拒绝。又走了一阵，老鳖停下脚步，借着月光看她的脸，看着看着就不由自主地伸手摸摸她的下颚，然后猛然把她搂在怀里。她软软地靠在老鳖胸前，老鳖先亲了她的眼睛，再亲她的脸颊，最后又亲她的嘴。亲完了，老鳖才感到浑身打哆嗦，好像天气很凉。短辫子姑娘自始至终一动不动地任老鳖摆布，只是在回来的路上才对老鳖甜甜一笑，那一笑整个儿把老鳖融化了。

"你没有摸她这儿？"我指了指胸脯部位。

老鳖轻轻扇了我的头一掌，说："你小子不正经。"

"要是我，就一鼓作气……"

"你别跟我嘴硬，遇到女人你连话都不敢说，还嚷嚷一鼓作气。"

我尴尬一笑，讪讪地说："你这王八蛋真行！"

老鳖为此非常得意。我开玩笑对他说，不要得意过早。果然，事情让我无意言中了。

种瓜点豆的忙季一过，老鳖和短辫子姑娘去县城逛了一趟，看了一场电影，吃了一顿饭，买了一些东西。老鳖时隔两个月总要到县城跑一遭，我猜想他这次和短辫子姑娘同行，一定比平常玩得痛快。然而，老鳖回来后，一脸的不高兴。我问他怎么回事，他说他跟短辫子姑娘吵了一架；再问他为什么吵架，他说有人提醒短辫子姑娘要一心一意接受再教育，不要搞男女不正当关系，从而影响前途。短辫子姑娘听了这话以后，决定和老鳖疏远开来。老鳖说，咱们俩好，跟别人没关系；短辫子姑娘说，怎么没关系，跟以后入党、招工、推荐上大学都有关系。老鳖说不过她，就生闷气，生了一路。

当然，生气归生气，俩人照样见面，只是不像以前那么热乎。这种情况又拖了几个月。收割麦子之后，有一天，老鳖没有去场上打麦子，在屋里蒙头大睡。我以为他病了，就找赤脚医生。赤脚医生让我把病人带来，我就回来带老鳖。老鳖已经起来，斜靠在墙上，正在吹口琴，吹的还是那首《流浪的心》。这时，天已经暗下来，屋里就更暗。我隐约看见老鳖的脸颊上似乎有泪光，心里立即明白了，也就不再跟他说话，悄悄地坐在炕头，听他吹那首哀伤的歌……

流浪，流浪的人归来

秋叶落满地

少年时代的朋友啊

你如今在哪里

走在大街小巷里

无呀无人理

你看我多孤寂

……

这首歌一共有四段,分别唱春夏秋冬。老鳖吹了一遍又一遍,一直吹到屋里一片漆黑。他终于停下来,叹了一口气,说:

"你看,我自己的事,惹得你陪我难受。"

我说:"老鳖,你的事就是我的事。"

"我这个人没出息。"

"你当然有出息。"

"我的出息就是蹲局子、当钳工。"

"你把这些都告诉她了?"我吃惊地问。

"嗯。"

"嘿,你不该告诉她。"

"她对我好,我就得告诉她。"

"等把她搞到手再告诉她不迟。"我装作世故地说。

"我不能骗她。"

我觉得他说得有理,沉吟片刻,说:"现在怎么办?"

"过去的就让它过去吧。"老鳖淡淡地说。

我突然情绪激昂起来，说："老鳖，天下有的是姑娘，东方不亮西方亮，黑了南方有北方，不愁找不到好的。"

老鳖咧嘴一笑，说："你在背诵毛主席语录。"

我也笑了，说："毛主席说的一定正确。"

"我知道她看不起我这样的人。"

"她看不起你，你还看不起她呢。"

"都是因为我干了这行。"老鳖怏怏地说。

"我最看不起看不起人的人，"我给他鼓气，"老鳖，你真是做'钳工'的？"

"不做'钳工'哪来的那些钱？"

"我也想学一手。"

老鳖在黑暗中叹了一口气，说："你不用安慰我。没用。"

"我真的想学。"

"你学那干什么？"

"为生活所迫。"

老鳖噗嗤笑了，骂道："你他妈的为什么生活所迫？"

"没钱买烟抽，没钱买罐头吃。"

"学了就找不到姑娘了。"

"我才不信。"

老鳖似乎思考了片刻，然后说："以后再说吧，我现在没有心情。"

老鳖的心情时好时坏，前后持续了半年。这之间，他试图追求其他姑娘，我帮他写了几封漂亮的情书，但没有一次可以算作成功的例子。他总是忘不掉短辫子姑娘。冬天来临的时候，他变得平静了，脸上也有

172

了笑容。晚饭后，我们常常在队部的小房间里看电视。队部很小，电视也很小，但是看的人很多，男男女女挤在一起，老鳖就乘机跟村里的姑娘们调情，捏她们的大腿。村里的姑娘不像城里的姑娘们那样把自己看成林黛玉，她们爽快活泼，对男女之事看得比较轻淡，老鳖和她们玩得热闹。

插队落户的第三年，我们几十号知青的情绪或高或低，开始波荡，对自己的前途非常困惑。县公安局来了一辆吉普车，抓走了五小队的两个人，据说他们传播黄色书籍。我们曾去县公安局的拘留所探望过他们，当时两人正在菜园里浇粪，各穿一套号服，头剃得光亮，脸色苍白如纸。有权有势有关系的父母不断为自己的子女奔跑，经常看见村中驶进一两辆高级轿车，停在大队部门口，不久就听到某某人或当兵，或招工，或推荐上大学走了。思想积极要求进步的人大概仍然不间断地向组织递送思想汇报，入团的发展了一批又一批，入党的却没有人，传言短辫子姑娘填写了入党志愿书，但是不知为什么，组织一直在考验她，却不把她当作新鲜血液收纳进去。

村里几乎每天停电。停电停得很巧，往往在夜晚需要用电的时候；来电一般在下半夜，人们熟睡不用电的时候。所有的灯泡都是聋子的耳朵——摆设。没有光亮的夜晚就等于没有眼睛，辛苦劳作一天，回到屋里，大家就在黑暗中傻坐着，生活得非常无聊。一天晚上，照例停电，老鳖叫我去供销社买酒。供销社也没有电，柜台上点着一支蜡烛。我买了一瓶青梅酒，和老鳖喝了个精光。喝完了，老鳖说：

"从现在开始，我答应教你。"

我很高兴,打诨说:"多谢师傅指点。"

"我不做你的师傅,"老鳖说,"只不过教你一手。干这一行的有个规矩,出了差错都得自己担当,不能乱咬别人。你记住了,要不我就不教你。"

我说:"老鳖你放心。"

"好。"老鳖说着,点亮煤油灯,接着端了一洗脸盆水搁在炕炉上,"学要分几步,你先练基本功。这个洗脸盆里放了半块肥皂,你每天晚上回来后,就用两个指头夹肥皂,右手夹完左手夹,练一半个月,手稳了再说。"

老鳖右手的食指和中指伸进洗脸盆,迅速夹起那半块肥皂,然后又用左手同样示范一遍,说:"就这样夹。开始慢点儿,以后要越夹越快。"

我看了老鳖的示范,觉得这一行也没什么难,就当着他的面练起来。第一次我把肥皂夹起来好像没费多少工夫,心里不禁得意,可是第二次就觉得那肥皂像一条鱼一样灵活,夹了很大一阵,才夹起来。老鳖笑笑说:

"照你这个速度,早被人发现了,打你个半死。你的两个指头没有力,当然夹不快。多练才是。"

我不再掉以轻心,就认真地练指力,练了几日,觉得多少能够控制那块肥皂。这样大约过了一个月,肥皂渐渐溶化在水中。我换一盆水,加了一块肥皂,再练左手。这样又过了一个月,我对老鳖说练得差不多了。老鳖看了看我的表演,把他的中指和我的中指勾在一起,用力一拧,拧得我生疼。

"速度稍微有一点儿，"他说，"指力还不够。"

"我觉得可以了。"

"我说不够就是不够。你去找一块古砖，然后练夹砖头，等你的两根指头练出老茧，就差不多了。"

我遵照老鳖的吩咐在村边找了一块足有十几斤重的古砖。古砖为淡青色，扁而宽，旧时人们用来盖房砌墓，现在烧制的砖只有它的尺寸的三分之一。古砖太沉，我起初怎么也夹不起来，等到能够夹起来的时候，两根指头已经磨出血泡来，疼得钻心。我用纱布把它们薄薄地包了一层，继续练了几个星期，古砖的分量就变得轻了，两根指头也磨出了老茧。我夹着古砖在屋里走动，老鳖说行了，就舀了一洗脸盆水坐在炕炉上，又往里面放了一块肥皂，说：

"等水烫了，你把肥皂夹起来。这一招全凭准头，先看准了肥皂再下手，要不然，烫坏你的指头。"

我看着滚烫的水，迟迟不敢下手。老鳖说练了这么些时日，全白练了，遇到真刀实枪就龟缩。我说怎么会白练，说着就把两根指头伸进滚烫的水里，然而，刚伸进去，便又抽回，水太烫了。老鳖又说，你不能光看着水，想着水，你得看着肥皂，想着肥皂。我猛然把两根指头伸进盆里，迅速夹起肥皂，用了大概不到半秒钟。老鳖笑笑说，照这样练。我练了几次，隐约感到练这一招精神不但要高度集中，速度也要出奇的快，思想不能放在困难上，而要放在怎样克服困难、达到既定的目标上。

这样练了两个星期，我变得信心十足。老鳖又教我怎样解上衣口袋的扣子。他把中指插在扣子底端，食指斜着一挤，扣子就打开了。我试了几次，不难，全凭指头上的气力。老鳖终于说基本功练得差不多了,下一步是实战经验,这个是没法教的,只能自己摸索。简单说来,走进商场,第一是看,看谁买东西,看钱包里有没有钱,看钱装在哪个口袋里;第二是跟,看准了以后,当时无法下手,就跟踪在后面,找到合适的地方再下手,比如人挤人的地方;第三轮到抠了,抠的诀窍是先吸引对方的注意力。说着,老鳖在我的脚面上踩了一下。

"对不起。"他说。

"没关系。"我应道。

"你看你丢了什么东西。"

我吃了一惊,低头看时,胸襟上别的一支钢笔消失了。老鳖展开手掌,把钢笔还给我,说:

"就是这个意思。吸引对方注意力的方法很多,有挤,有撞,有踩,有逗,看情况而定,没有死规矩。"停顿一下,他继续说,"干这一行凭手段,更主要凭胆子,到时候手不能软,一软就没戏了。过两天你跟我去县城,给我打掩护,看我怎么干,先练练你的胆子。"

去县城的那天是星期日,老鳖和我走进坐落在十字街口一侧的百货商店,装作闲逛的模样,观察了一个小时,没有发现目标,就出了百货商店,穿过马路,走进对面的食品商店,又闲逛了一个小时,仍然一无所获。老鳖说饿了,先吃饭。我没有想到干这一行竟如此困难,而且如此无聊,兴趣减了一半。老鳖似乎看出我的心思,告诉我不要泄气。

饭馆里人很多,买票的人排了一条长龙。老鳖让我先排队,自己去看牌价,看了之后,回来在我耳边悄悄说机会来了。那是一个中年男子,肩上挎着一只人造革黑包,上衣口袋里鼓鼓囊囊,准是个出差的采购。老鳖瞥见他掏钱买饭,钱包里有一叠钞票。我们也买了饭,慢慢地吃，观察动静。中年男子吃完后，抹抹嘴，一副心满意足的样子，出了饭馆的门。我们尾随其后，远远地看见他朝长途汽车站方向走去。老鳖高兴地咧咧嘴。

长途汽车站同样人多，售票的窗口还没有开始售票，买票的人却早已排起了几条长龙。中年男子四处游荡，看来根本没有兴趣排长队，只等售票口一开，便挤上前去抢个先手。老鳖说今天该他倒霉，一会儿你挤他的后面，我挤他的前面，一定要挤住他，抠了他以后我先走，等一阵儿你再走，我们在车站西边的厕所见面。话音刚落，只见人们一哄而上，售票口一片混乱，老老实实排队的人在后面抱怨。中年男子正像我们预料的那样，侧着身子往人堆里挤，挤得很巧妙。老鳖更不示弱，左手举着一张五元的人民币，也奋力地挤。我顶着中年男子的腰，双手不由自主地颤抖起来，心里怦怦直跳，腿就软得无力。老鳖不知什么时候已经被挤出人堆，在叫嚷声中骂了几句，随后便消失了。我知道他已经得手，一阵兴奋，惧怕减少了一半，又挤了几挤，就悄悄地退了下来，溜出候车室，走到车站西边的厕所。老鳖正在蹲坑，见我进来，就起身系好裤子，说：

"咱们去茶摊上喝口茶。"

"有多少？"我急不可耐地问。

"别问，反正是条大鱼。"

"你真行。"

"别废话，快走。"

我们在茶摊上喝了一杯茶，吃了一块蛋糕，便动身回村。骑车走了一半路，老鳖才告诉我钱包里一共一百五十块，说着，从兜里掏出来厚厚一叠在我眼前晃了晃。我问,钱包呢?他说,拿到钱后,马上要把钱包扔掉,扔掉钱包就扔掉了赃物,即使运气不佳被人抓到也可以抵赖。我很佩服老鳖的机智。老鳖从钞票中抽出五十块给我。

"太多了,"我推辞不受,"我什么也没有干,哪能拿这么多。"

"让你拿你就拿,"老鳖说,"这是规矩,打掩护的拿三分之一。下次我给你打掩护也拿三分之一。"

我欢欢喜喜地把钱收下,暗想我父亲一个月工资也不过这个数,而我们只用几个小时就挣到了。

第一次出手成功后,我就催促老鳖再去第二次。老鳖说多去一次,多冒一次风险,钱够用就行了,人不能贪心不足蛇吞象,要想在这一行里待得久,就得悠着点儿干。我的手痒得难受,极想单枪匹马走一遭,心里却又胆怯,就忍着。忍了两个多月,老鳖终于决定再出一次手。我们在县城里转悠了整整一天,没有大收获。老鳖仍然让我打掩护。时隔一个月,我们再去县城,我还是打掩护。老鳖说,过一段时间,村里要赶庙会,他给我打掩护,让我一显身手。

转眼间冬去春来又一年。我们的生活节奏变得越来越缓慢,好像一架爬坡的牛车,老黄牛的尾巴拍扇着蚊蝇,赶车人怀里抱着鞭子坐在车辕上打盹。所有的农活我们都干熟了,所有的地段我们都叫得出名字,剩下的就是等待,等待命运的安排。

许多人秘密地找村中的卦师打卦。卦师在炕上摆一只荆条笸箩,笸箩里薄薄地铺了一层面粉,两只木制的滑竿横在笸箩上,滑竿上装着一块滑板,滑板上凿了一个洞,正好容一根筷子穿过,筷子上拴着橡皮筋,灵活地前后左右摆动,像挂钟的钟摆。卦师烧一串纸符,又念一阵经文,然后左手摇着一只铜铃,右手便摁在滑板上痉挛般地抖动,嘴里自然念念有词,滑板上用橡皮筋拴住的那根筷子就在笸箩的面粉上写出字来,字写得歪歪扭扭,几乎无法辨认,你说像什么,它就像什么。卦师根据那些字来替人算命。老鳖花了一块钱去算了一卦,卦师说他近来有贵人帮助。我告诉他别信这一套,他嘴上答应,心里恐怕仍是将信将疑。

赶庙会的日子是阴历四月二十,方圆几十里的庄稼汉子陆陆续续骑着自行车,自行车后架上驮着荆条筐,荆条筐里载着东西,进了村。村里陡然热闹起来,卖菜籽的摊开布袋,卖糖葫芦的扛着稻草棒沿街吆喝,更有趣的是劁猪的,手中敲着铁皮,嘴里就发出一种阴阳怪气的长腔,听得人浑身起鸡皮疙瘩。

村中赶庙会,大家自然都休息一天。我和老鳖一直睡到中午才起身,洗脸刷牙,然后来到街上,远远地就闻到一股奇特的肉香,走近后才发现卖驴肉的正在切肉。我和老鳖一人买了一大块,大嚼起来,平生从来没有吃过这么香的肉。吃完了,我们就从村东向村西梳理过去,寻找下手的机会。走到二小队的地界,老鳖拍拍我的肩膀。我有点不知所措。

"看见了吗?"他悄声说。

"没有。"我懵然答道。

"那边那个……"

老鳖的话还未说完,我就注意到左前方一个年轻汉子肩扛扁担,扁担上套着绳子,好像卖完了货准备离开,也好像刚刚到达想采购东西。他手里握着一把钱,正在和一个卖铁锹的讨价还价,俩人争执了一阵,买卖终于没有做成。年轻汉子怏怏离去。我看得清楚,他把钱装在裤子兜里。老鳖推了我一把,我们便开始跟踪。年轻汉子走走停停,最后在一个卖猪仔的摊子前住了脚。他把扁担的一头支在地上,蹲下身,看着圆滚滚的猪仔吱吱乱拱。我和老鳖挤上前去,站在他的两侧。猪仔摊上又来了三四个人。老鳖朝我使了个眼色,就一头撞在扁担上。年轻汉子侧了身,见老鳖捂着头,就问怎么回事。这当儿,我已经挤上前去,抠走了他裤兜里的钱。我把钱攥在手掌里,紧张之余竟不知道赶快离开。年轻汉子着实机灵,看看老鳖,摸摸裤兜里的钱,然后突然一把将我的衣领揪住,大叫起来。我的脸一定红得像猪血,一边大声抵赖,一边挣扎着力图摆脱纠缠。赶庙会的人渐渐聚集在我们周围,把我们三人裹在当中。老鳖眼看情况不妙,就从我手中摸了钱丢在地上,然后劝年轻汉子放开我的衣领。

"你自己把钱闹丢了,怎么瞎诬陷人。"老鳖镇定地说。

"刚才钱还在裤子口袋里,怎能一下就没了?"年轻汉子争执着。

"你再仔细找找,也可能放在别的口袋里,也可能掉在地上。"

"就是他偷了!就是他偷了!"年轻汉子坚持道,"他在我身边这么一蹲,钱就没了。不是他还能是谁?"

"打小偷!"有人高喊。

"打死狗日的!"有人附和。

老鳖低了头,装作寻找的样子,然后惊叫一声,说:"我说可能掉在地上,你看这是什么!"

年轻汉子松开我的衣领,捡起地上的钱,数了数,见分文不少,就揣回上衣兜里，嘴里仍然骂骂咧咧。

"他们俩是一伙的，打呀！"有人嚷了一句。

突然，我感到腰上被人重重踹了一脚，接着，一只拳头砸在我的鼻子上，我仰面跌倒，跌倒时听到老鳖喊了一声："抱住头。"无数只脚在我身上乱踢，我早已不觉得疼痛。过了不知多久，混乱的声音终止了，人群刹那间散开。我从地上坐起来，擦擦鼻子里流出的血，掸掸身上的尘土。老鳖也从地上坐起来，毫无表情地看着我。他的左脸被打得青紫，额头开了一个口子，血顺着太阳穴流下，在脸颊上留下一道黑红色的痕迹。我颤巍巍地站起身，立即感到一阵眩晕。老鳖也挣扎着想站起身，却没有成功。他有气无力地说腿被打坏了。我扶起他，架着他一瘸一拐地走回屋里，然后舀了一盆水为他洗净脸上的血污。老鳖咬着牙，摁摁受伤的左腿，嘴角却露出一个笑容。

"今天运气不佳。"他费力地说。

我感到十分内疚，说："事情全让我弄砸了，牵连你受罪。"

"什么牵连不牵连，"老鳖咧着嘴说，"咱们是哥儿们，哥儿们怎能见死不救。老鳖我这一辈子无依无靠，你瞧得起老鳖，老鳖为你别说舍条腿，就是舍命也在所不惜。"

我感动得心都快跳出胸膛，说："老鳖，你对我好，我下辈子给你当牛做马。"

老鳖眼圈发红，几乎落下泪来，自言自语地说："我他妈的怎么这么没出息！男儿有泪不轻弹，大丈夫能伸能屈……"停顿一下，继续说："第一面见你，就觉得你这个人够义气。老鳖我做事从来不后悔，唯独后悔不该教你做'钳工'。你不是干这一行的材料。过一段时间等我的腿好利索了,到学校的库房去弄几本书给你。我看得出来,你有读书的命。"

这一夜,老鳖疼得一刻也没有合眼。第二天我再看他的腿时,吓得出了一身冷汗:那腿肿得跟象腿一般粗。我赶忙把他扶上自行车,朝公社医院奔去。医生为老鳖拍了一张 X 光片,照片显示他的大腿骨折,当即给他打针吃药接骨,再打石膏绷带。傍晚,我又回村去取老鳖的被褥,伺候他住院,一直忙到半夜,就凑合着在病房的空床位上和衣睡了一觉。

老鳖在医院住了半个月,就闷得不愿再待下去,跟医生谈了之后,回到村里休养。他恢复得很快,三个星期便可以拄着拐杖下地行走。这期间,他的生活起居都是我负责。老鳖由于做贼被打断腿的消息早已在村里传开,偶尔在街上遇到好奇的人询问此事,我注意到他们的目光里都充满了幸灾乐祸,好像在说:罪有应得。老鳖是为我受伤的,却没有人怀疑我也是贼。好心的人们劝告我不要再跟老鳖住在一起,以免受他的坏影响。我们本来都做贼,但是如今在众人眼里老鳖做贼,我做好人。想想老鳖以往常常说的话,有福我们同享了,可有难时我却不能同当,这就使我感到更加内疚。

麦子刚入了粮库,就听说县公安局来人调查情况。我立即紧张得坐卧不宁。老鳖觉察到我的异样,问我原因,我把这个情况告诉他。他说要沉住气,如果有人问起他的腿,就一口咬定是混乱中被误伤的。县公安局的人找一些人谈话,谈了两天便离去。我把一颗悬着的心放下。然而,过了两个星期,他们又回来了,大有来者不善的味道。紧接着,老鳖被召去谈话,谈了一个上午。中午吃饭时,他回来了。我迫不及待地问：

"谈了些什么？"

老鳖满不在乎地说："关心我的腿呗。"

"你怎么说？"

"老话。他们当然不信，让我坦白。我说事实就是事实，没什么可坦白的。他们说已经掌握了我的材料，想抓我任何时候都可以抓。我说你们要抓我就抓，该说的我都说了。他们说你别嘴硬，早晚叫你知道厉害。"

"老鳖，"我忧心忡忡地说，"你不能顶撞他们，这些家伙心狠手辣。"

老鳖笑笑说："心狠手辣的我见过。"

下午，老鳖继续去接受调查，天擦黑的时候，才回到屋里。我早已等得心焦，煤油灯昏黄的灯光下，只见他的嘴唇紧抿，左眼眶好像微微肿起。我马上明白发生了什么，我们沉默地坐了很久，我好像预感到明天会有一场灾难。当夜，我做了一个奇怪的梦，梦见老鳖被人从高高的悬崖上推了下去，而我站在他的旁边竟没有来得及伸手拉他一把。

第二天，县公安局的人召我去谈话，谈话的地点在大队部。大队部坐落在村子中央，一式铁灰色的砖瓦房，不知以前是哪家地主老财的私宅。院门虽然狭小，庭院却相当宽敞，正中生着一颗老槐树。大队的民兵营长把我引进东厢房，东厢房还有一个套房，套房里坐着两个身穿藏蓝制服的人，一个脸盘稍宽，一个脸盘稍窄，两人都把脚翘在椅子上抽烟，阳光从窗棂里透过来，照出蓝色的烟雾。一个声音命令我坐下。我坐在腿边的长凳上，隔着两三米的距离，小心翼翼地观察他们三人的动静。

"知道为什么找你来谈话？"

我摇摇头。

"真不知道，还是装糊涂？"

我仍旧摇摇头。

宽脸盘呼地从椅子上站起，嚷道："我最他妈的讨厌不说话的人物，三脚踢不出个响屁。"

"咱们就直来直去，"民兵营长不耐烦地对我说，"你和那个什么老鳖这两年在县城作了不少案。两个多月前，村里赶会，你们本性不改，继续干那偷鸡摸狗的勾当。告诉你，我们已经掌握了你们大量的罪证。今天找你来，是看你年龄小，还有挽救的希望。你把每次作案的时间、地点、盗窃的款数全部交代出来，自己给自己一次改过自新的机会。"

"我们什么也没干。"我嘟囔着。

"没干怎会被打断腿？"

"那是误伤。"

"你人不大，口齿倒是挺伶俐。"民兵营长笑着说，"不说也行，到时候该判你五年的时候，判你十年。"

"少跟他啰唆，"宽脸盘又嚷道，"我来整治这小子。"

宽脸盘的整治方法很简单。他先左右开弓扇了我几个耳光，然后一手揪住我的头发，使劲朝后拽，一只脚踩在我的大腿上，厉声问我说还是不说。我感到两边脸颊火辣辣的疼，嘴里有一股血腥的味道，心里却没有了先前的惧怕。宽脸盘见我无动于衷，不禁更加恼怒，便揪着我的头发，把我从长凳上拽起来。我感到头皮麻酥酥的疼，就一言不发地

184

咬紧牙。

宽脸盘折腾了一阵，大概累了，朝地上唾了一口唾沫，然后松开揪着我的头发的手，点了一支烟，骂骂咧咧地坐回到椅子上去。民兵营长冷着脸，一副不耐烦的神情，对我展开了思想教育，说着说着，便激动起来，红了脖颈，像在跟我进行大辩论，唾沫星子溅在我的脸上，有股烂菜的味道，令人呕吐。

这样的谈话持续了一整天。民兵营长和宽脸盘用两种不同的方法轮番给我上课，而窄脸盘始终不动声色地坐在一旁观看。过一会儿，三人就到隔壁的屋里去抽烟喝茶讨论，我则坐在长凳上想心事，想到老鳖，想到钱，又想到监狱和前途，隐隐觉得自己的经历不凡，别人会敬畏三分。

傍晚，民兵营长说放我回去，夜里好好想一想，明天继续交代。我拖着疲惫的步子回到屋里。老鳖不在。我一天没有吃什么东西，早已饿得瘪了肚子，就去食堂买了几块玉米饼，就着咸萝卜啃起来，一边啃，一边感到两颊疼得厉害，便打了一盆热水，湿了毛巾，仰躺在炕上敷脸。不知过了多久，迷蒙中听见门响，揭了毛巾，睁开眼，看见老鳖回来了。他走路一拐一瘸，胳膊下夹着什么东西。

"这是给你的。"他说着，把胳膊下夹的东西扔在炕上。

我坐起身，才发现原来是三本书。我把它们拿在手里，借着煤油灯昏黄的光亮，认出一本是《许地山选集》，一本是《唐诗一百首》，一本是《宋词一百首》。

"从学校库房里拿的，"老鳖说着，坐在炕沿上，"今天怎么样？你的脸……这帮狗日的。"

我勉强笑笑，说："离死还远着呢。"

"他们问什么？"

我把在大队部发生的事情说了一遍。

"够意思！"老鳖拍拍我的肩膀。

我什么也不想说，只想睡觉。

"唉！"沉默了一阵，老鳖叹了口气，说，"都怪我，让你遭这份罪。你是好人家出来的，父母都是知识分子，应该念书，不该干这一行。我想了好久，觉得这次咱们能逃过这一关，以后就洗手不干了。你去上大学，我等个招工的名额，咱们一块儿离开这儿。"

"我父母也说，下乡后时不时地复习一下功课，学的东西全忘了怪可惜的。我听不进去。"

老鳖说："他们说的有道理。不知道我拿回来的是什么书，有没有用？"

我说："唐诗宋词有用。另一本不知道是什么书，从来没听说过许地山这个人。"

老鳖说："没用就擦屁股，反正没白跑一趟。"

我跟老鳖说了一会儿话，心情稍微平静了一些，趁老鳖打水洗脸的工夫，就翻开宋词读起来，读了苏轼的一首《江城子》上阕，参照注释好不容易读出点意思来，下阕只读到"小轩窗，正梳妆"就困得睁不开眼，倒头便睡。

第三天，吃过早饭，我继续去大队部接受审查。我走的时候，老鳖睡得正酣。我边走边想，今天没准儿又要挨一顿打，胸中就满是怨恨。民兵营长早已等在门口，见了我，迎上前来，脸部的表情好像有了温度,不如昨天那么冰冷。这大大出乎我的意料。他说你先进屋等着。我走进东厢房,再进套房,发现屋里空无一人,暗自琢磨他们在搞什么名堂。不过,我早已打定主意,万变不离其宗,绝不能出卖朋友。我一边等,一边观赏墙壁上挂的锦旗,等了一阵,仍然没有人进来,又等了一阵,就开始变得心烦,想抽一支烟,恰恰身上又没有装着。我透过窗户上镶嵌的一小片玻璃向院里眺望,并不见一个人影,心里便骂。这样又等了一阵,我听到背后有脚步声,回头看时,只见那个窄脸盘的公安站在那里,手里抱着一叠文件,和善地冲我微笑。

"等急了?"他问。

我没有回答。

"坐下,坐下。"他又说。

我坐在桌边的长凳上。窄脸盘在我的对面坐下,把手里的东西扔在桌上,然后伸手摸了摸,摸出一包烟,自己先拿一支叼在嘴边,再拿一支扔给我。我盯着滚在桌面上的那支烟,竟不敢伸手去取。窄脸盘点燃烟,就把火柴扔过来。我仍旧僵坐着不动,心里的警惕倒有些放松下来。

"抽吧,抽吧。"窄脸盘说。

我小心翼翼地捏起烟,点燃,轻轻地吸了一口,再吸一口后,就感到镇定了许多。

"昨天我们的工作进行得很不顺利,"窄脸盘笑着说,"我看,双方都有问题。你啊,太固执了一点,大概是你还没有很好地理解我们找你谈话的意图。我们呢,又太急躁,这是工作中的疏漏。我们双方都应该做一下自我检讨。所以,今天我们主要是交流一下各自的思想,我说说我对这件事的看法,你呢,也谈谈自己的意见。各抒己见嘛,啊,各抒己见。"

我听了这番话,对窄脸盘便产生了好感,觉得这个人并不像宽脸盘和民兵营长那样蛮横,好像比较通情达理,心里的警惕更加放松。窄脸盘大约看出我的脸色不像先前那般充满敌意,就挤着嘴角笑了笑,笑得很不自然。接着,他慢条斯理地说我本质上是个好青年,只不过受了一些不良的影响,做了一些对不起党和人民的错事,仍属于人民内部矛盾,只要改了,就是好同志。他还说组织上并非要把我置于死地,而是挖出潜藏在背后兴风作浪、教唆犯罪的坏人。

"其实,"最后,窄脸盘说,"我们对你们的动向掌握得一清二楚,但是这并不能帮助你们认识错误。只有你们主动把情况交代出来,才能说明你们对于自己的行为有了一个较为清醒的认识。你看,那位姓王的青年自己已经坦白了:1974 年 9 月 8 号,你们在县城作案一次,窃得一百五十元;10 月 20 号又作案一次,窃得四十元;10 月 30 号再作案一次,窃得六十元……这就很好嘛!"

窄脸盘说着,把一张稿纸摊在我面前。我看见一些写得歪歪扭扭的字迹,急不可待地读了一遍,读完就惊得说不出话来。老鳖把我出卖了!我觉得脑袋沉甸甸,眼里一片模糊,极度的疲乏感使我昏昏欲睡,恍惚中老鳖独特的小学生似的字体就在我面前跳跃起来,宛如河床水洼里的蝌蚪。老鳖摁的那个红手印就像一滴鲜血掉在宣纸上,然后无限地蔓延开来,笼罩了整个房间。我的口干渴得厉害。

"我们一直在努力挽救你,"窄脸盘继续不紧不慢地说,"是觉得你还有挽救的希望。各级领导对这件事非常关心,刚才我们还在研究是否通知你的父母,也许他们会帮助你认清形势,端正态度。你看,父母对你寄予那么大希望,你可一定不能辜负他们,让他们为难,对吧?"

我的心又是一颤。我看到母亲泪水涟涟的面容,看到父亲一夜之间变得灰白的头发,脑子里更加空白一片。我在桌下绞着两只汗津津的手,完全丧失了对应的能力,一种破灭感把我压得近乎窒息过去。我的嘴唇嗫嚅着,却连自己也不知道究竟说了什么。

"你说什么?"窄脸盘问。

"你们都知道了,还要我说什么?"我气短地说。

窄脸盘好像笑了一下,笑得很诡秘,然后喃喃道:"这就好!这就好!"

"你们都知道了,还要我说什么?"我重复一遍。

"不要你说什么,啊,不要你说什么。"

"那我可以走了吗?"

"但是,"窄脸盘并不理睬我的问题,说,"有一项要求。很简单,你写一个东西,签个名,摁个手印就行了。态度端正了,觉悟提高了,总要表个态吧!"

我竭力抑制心中的恼怒和委屈,然而越抑制,就越恼怒和委屈,想到人们常说知人知面不知心,就咬咬牙,答应窄脸盘写一个东西,究竟是什么东西,比如说忏悔书,或自白书,或陈述书,他只字不提。我并不想加油添醋地夸张,只想把事实一一罗列出来,自觉也算对得起良心了。

窄脸盘取了早已备好的笔纸,又给我扔了一支烟,然后走出套房。我燃了烟,便忐忑不安地写起来,没有辞藻,没有渲染,干巴巴像冬天皲裂的手背。在写的过程中,我时时觉得有那么一两双眼睛在窗外监视着,恼怒和委屈感便又袭上心头。不到一小时,我写完了,搁下笔,长长吸了一口烟,然后把烟蒂扔在砖铺的地上,用鞋尖狠狠拧灭,这时,就听见外屋门响,随之套房的门开了,窄脸盘、宽脸盘和民兵营长鱼贯而入。

"写好了?"窄脸盘扬扬眉毛,和蔼地问。

我嗯了一声。

窄脸盘从桌上拈起我写的东西,迅速读了一遍,然后递给另外两个人传阅,传阅完,他弯了腰,把桌上的印泥推给我,说:"摁个手印吧。"

我乜斜了他们一眼,问:"哪根指头?"

"大拇指。"窄脸盘说。

我掀开印泥盒盖,右手的大拇指在重枣色的印泥上点了点,迟疑片刻,眼前始终摆脱不了杨白劳卖喜儿抵债的那场戏。我终于把手印摁在自己的签名下面,心中就滋生出一种淡淡的惆怅,觉得自己把自己卖了,而且卖得不值钱。

窄脸盘从桌上取了文件,吹吹紫红色的手印,然后把它夹在一叠白皮蓝字的卷宗里,接着抬手看看表,冷冷地对我说:"今天就到这儿,你先回去吧。以后有事再叫你。"

我缓缓站起身,忽然产生一种不祥的预感,也许是窄脸盘瞬间改变了的态度,使我不仅没有觉得丝毫的解脱,而且心中的郁闷愈发浓重起来。我默然地走出阴沉沉的套房,走出大队部,正是晌午,阳光刺得我皱起眉头,街上不见一个人影,只有一只黑狗在戏台的背阴处伸着舌头喘息。我叹了口气,浑浑噩噩地往回走。

老鳖不在家,门上扣着一把小锁,却没有锁着。我摘了锁,推开两扇门,一股冷森森的潮气扑面而来。我进了屋,在炕沿上坐下,就看见炕炉上扣着两只碗。我揭开碗,一只碗里是两个玉米面窝头,另一只碗里是一听已经开启的红焖肉罐头。我明白这是老鳖特意犒劳我的,肚子虽饿,却没有任何食欲,就把碗重新扣好,然后躺倒在炕上,心乱如麻。不知过了多久,迷蒙中,听到院子里有脚步声,睁眼看看窗外,天已经开始暗淡下来。

　　门吭啷一声开了,老鳖走进来,仍旧一瘸一拐。

　　"回来了?"他说。

　　"嗯。"我漠然地应了。

　　他颇觉奇怪地注视我一眼,说:"你还没睡醒呢?"

　　"醒了。"我狠狠地说。

　　"怎么啦?他们今天又揍你啦?"

　　我没有吱声。

　　老鳖一边问,一边取了一只碗,从墙角的瓮里舀了水咕咕喝了一气,又往脸盆里舀了一些洗手洗脸。洗毕,又问:

　　"几点回来的?"

　　"晌午。"

　　"哦,你也没吃饭。"

　　"没胃口。"

　　"究竟怎么啦?"

　　我终于忍耐不住,高声地嚷起来:"你知道我怎么啦!还装什么蒜!"

老鳖怔怔地看了我半晌,脸色变得苍白,嘴唇微微动了几下,却没有发出任何音响。我倚在被褥上,粗重地喘息着,胸中的火气越积越旺。

"你……你把老子出卖了!"我含着眼泪说。

"什么?"老鳖突然也提高了嗓门,"你他妈的说清楚,谁把你出卖了?怎么把你出卖了?"

"我看了你写的那个东西。"

"什么东西?那个他妈的什么东西?"

我不知道应该说悔过书,还是坦白书。

"今天非弄个水落石出不可。"老鳖嚷着,嗓音突然变得嘶哑不堪,眼睛圆圆睁着,一副疯狂的样子。

我想起以往他曾说自己最受不得委屈,心里先软了一半,就一五一十地把今天的事情讲出来,讲得详细认真。老鳖听着听着,便抑制不住站起身,一颠一颠地在屋里走动,嘴里念念有词,却不知道他说的究竟是什么。我讲完了,静静地守在炕上,等待老鳖的反应。老鳖沉默了许久。

"唉!"他终于叹了一口气,像是自言自语地说,"忘了跟你交代!忘了跟你交代!"

我不明白他在说什么,就等待着。

"这帮家伙狡猾着呢。硬的不行来软的,你果真上当了。"

我终究忍耐不住,问:"是真的还是假的?"

"假的,假的,当然是假的。"老鳖不耐烦地说,"你也不动脑子想想,我连信也不会写,咋能写那个鸡巴东西。你个聪明人,聪明一世,糊涂一时。他们把你骗了。"

"那……签名我看清楚了,是你的。"我疑惑地说。

"我是签过一次名,也摁过一次手印,可不是什么悔过书,是说明我自己清白的。"

"也许你让他们骗了不成?"

"不可能,绝对不可能。我签名摁手印的时候,仔细看了一遍,我写的就那么两三行字。他们一定做了手脚。"

我仔细回忆一番,才慢慢想起那个东西上面的字体跟老鳖的签名确实有些不同,比如盗窃的窃字,老鳖绝对写不来,即使写得来,也绝对不会写得那么好看。为了证实我的猜测,我跳下炕,拿了纸笔,对老鳖说:

"你写个窃字我看看。"

"什么窃?"

"盗窃的窃。"

老鳖苦笑一下,说:"我哪会写什么窃。你先写一个,我照猫画虎还差不多。"

于是,我在纸上写了,递给他。他歪着头看看那字,就照着写起来,写毕,让我看。我扫了一眼他画出的那个歪歪扭扭的窃字,心里连连叫苦,同时也感到一阵从未有过的惧怕和歉意。我恨透了自己的愚蠢和软弱。

"老鳖,"我含着眼泪说,"是我把你……把你……出卖了。"

老鳖沉思片刻,又叹了口气,说:"别说了,这也怪不得你,你没有经验。也怪我忘了跟你交代,以前我也被骗过,不栽跟头,学不会走路。

你记着就行了，人心险恶着呢。"

"现在该怎么办？"

老鳖并不回答，从兜里掏出两支烟，扔给我一支，自己点燃一支，然后抬腿斜坐在木箱上，往墙上一靠，长长吐了一口烟，幽幽地说：

"看来我得收拾行李了。"

"收拾行李？不会吧！他们说只要交代清楚，端正态度，还属于人民内部矛盾。我想没事，不会出什么事的。"

"你太幼稚了。想一想，他们跑这么远来，费了这么大劲儿弄到了口供，难道就是为了宽大你？嗐，这一回，我看至少得蹲十年。"

"我……"我自责地说，"老鳖，我豁出去了，到时候跟你一块儿去蹲。你说的，有福同享，有难同当。"

老鳖噗嗤笑了，说："你以为是去逛马路、看电影、下馆子？你别性急，我担心你也逃不了两三年。"

听了这话，我反而觉得心里坦然了许多，也笑笑说："正好，咱们一起走。"

老鳖拍拍我的肩膀，没有再说什么。

转眼间一个月过去了，谷子变得灰黄，高粱变得青红，什么事情也没有发生。我心里窃喜，觉得老鳖的忧虑多余，就悄悄沽了酒，跟他痛饮了一回，算作压惊。老鳖仍旧若无其事的样子，喝得淋漓尽致，醉意七分，除了不时忧虑自己迟迟不愈的断腿之外，潇洒得好像上了水泊梁山。

立秋之后，天阴了半月，淅淅沥沥地落了不少雨，村里村外一片泥汀。天晴的时候,碧蓝的天空洁净如洗,地里的庄稼色彩斑斓,在秋风中摇摆。及至白露,天气就好得不能再好,黄灿灿的谷子倒下,一捆捆躺在淡褐色的田野,剪穗的人们手持灵巧的小铁板刀,时起时伏,在天际消失成两三个黑点。玉米叶子卷起来,一些残留的绿仍然能够使人想起八月的健康和丰腴。高粱眨眼间也变成枣红,远远望去,如等待中冲天而烧的地火。

那是一个平常的早晨。我起来的时候,老鳖仍在酣睡。我轻手轻脚地来到院中,磨了镰,罩上一件肮脏的小褂,匆匆赶去地里割高粱。割高粱是包工,割的多,挣的工分也多,我就拼命干,冰凉的露水把我的半边脸、半个身子打得透湿。太阳一丈高的时候,我已经饿得头晕脑胀,就歇了手,回村吃饭。

村里人都端上了碗,圪蹴在向阳的墙根下,边吃边聊,见我走过,便抬起头,以一种陌生人的眼光看我。我纳闷地跨进院门,忽然心有所悟,闯入屋里,即刻明白了,就赶忙跑到街上。有人嚷道:

"刚走。戴着手铐,往大队部去了。"

我撒腿往大队部狂奔,见大队部门口空无一人,接着往村西头再奔,奔了一程,远远地好像看见一个一瘸一拐的身影,走到一辆草绿色的吉普车跟前,上了车。围观的人群闪开,吉普车启动了,夹着一溜尘土,沿着机耕道,颠簸驶去。阳光下,草绿色的车身染成橘红。

老鳖走了。他走的时候是一个平常的早晨。

背上的猴子

罗林在三十岁的时候还未曾有过性事,这使他感到非常苦恼。

"像我这样思维正常、具有运动员体质、受过良好教育的男人,居然没有接触过女人,简直荒唐。"他愤愤地说。

那天,我们坐在麦肯伯格网球俱乐部二层楼的阳台上,一边喝啤酒,一边闲聊。我刚跟他打了两个小时的网球,身上的汗还未落尽,微风掠过,就体味到一阵疲劳后的轻松。阳光甚好,气温宜人,南方的十月是不可多得的网球季节。从阳台上望去,俱乐部的场地方方爆满,啪啪的击球声中夹杂着情急的叫喊。

"简直荒唐。"他又强调一遍。

我不知如何应接罗林的话题,想到在美国这样一个开放的社会,反文化和性解放运动已经过去二十多年了,交个女朋友,肉体相互交流一下,不应该是件难事。

"找个合适的人不容易。"我安慰道。

"其实合适的人是有的，"他诚恳地说，"我没有抓住机会。"

"机会有的是。这次没抓住，下次不要放过就是了。"

他的嘴角微微抖动一下，说："每次盼望机会，可是机会一来，我就冻结了。"

"很奇怪，"我不解地说，"好像跟你的性格不太相符。登乞力马扎罗，你说去就去了；骑车横穿美国大陆，你说走就走了，这些要比你找个女人上床难得多。"

"我觉得找个女人上床更难。"

"有什么难的呢？如果你看中某一位，上去跟她搭茬儿，自我介绍一下，找个借口多聊几句，说两个笑话，邀她出去吃顿饭，事情就成了。"

"跟一个陌生女孩儿搭茬儿？"罗林挤出一个羞涩的笑，然后摇摇头。

"你担心被拒绝吗？"

"我是永远不会主动上前跟她们搭茬儿的，所以没有拒绝不拒绝的问题。"

"为什么？为什么？为什么？"我调侃地三声连问。

"这就是我。"他平静地说。

我摊开手掌，做出无奈的姿势。

"你还记得几个星期前在学校餐厅的一幕吗？"过了一阵，罗林突然问道，"我们俩坐在靠窗户的……"

"当然记得，"我回答，"那个穿肉色二股筋背心的女孩儿不停地向你这边张望……"

"我没有告诉你,我在人文学院的楼道里撞见过她。她冲我一笑,好像我们很熟悉似的。从她的相貌举止来看,正是我喜欢的那一类型。"

"我当时就跟你说,只要你走过去,自我介绍一下,事情就成了。"

"我心里明白,像她那样的女孩儿不会无缘无故地用眼光撩惹一个不相识的男人,"罗林不无遗憾地说,"可是一想到要走到她面前,说一些莫名其妙的话,我的心跳马上加快了十倍,四肢就不听使唤。"

"她看到你无动于衷,一定很失望。"

"如果我是那个女孩儿,也会失望,"罗林幽幽地说,"后来我一想到这个就自责,内心挣扎了很久,终于鼓起勇气,告诉自己下一次见到她,一定问她叫什么,怎么联系。我几乎每天中午都去餐厅等她,可是非常奇怪,她再也没有出现。"

"生命是由一连串的偶然构成的,"我感慨地说,"人不可能两次蹚涉同一条河。"

"我是一个聪明的傻瓜。"他自嘲地说。

我忽然想到一个主意,说:"第一步最难迈出。你想通过非正常渠道迈出这第一步吗?"

"你是指……"

"花一百块钱叫个应召女郎,你什么也不必做,她会把你招呼得非常周到。完事后,你就可以毕业了。"

罗林噗嗤一笑,说:"我肯定得做点儿事儿,否则什么也不会发生。"

"整个过程你可以闭着眼睛。"

"的确是非正常渠道。"

"不过是一百块钱而已，你教一星期网球就赚回来了。"

"不是钱的问题。"

"前后不过十分钟。"

"不是时间的问题。"

"你不认识她，她也不认识你，不会掺杂任何感情。"

"这是个问题。"

我忍不住大笑起来，说："你是个不折不扣的理想主义者。"

罗林也笑了，棱角分明的脸上透露着天真的喜悦，好像一个孩子收到自己喜欢的礼物。他站起身，说要去洗手间，便大步流星地向大厅走去。我望着他耸动的肩膀，感到困惑。人作为一个复杂的个体充满矛盾，我们可能同时表现出坚决和犹豫、勇敢和怯懦，这并不奇怪，奇怪的是我们理性地认识到事情的症结，却重复同样的错误。吸毒者如此，爱情者也如此。

罗林从洗手间回来后，我把我的想法告诉他，他不知所措地看看我，说："你指毛姆的《人性的枷锁》，是吗？"

我没有看过毛姆，无法回答，就胡乱点点头。他似乎对毛姆也不怎么感兴趣，岔开话题，告诉我下星期六准备搬家，新地方既便宜，离学校又近。我苦于住在隔壁那个肩膀上文着大朵玫瑰的女人每天凌晨撕心裂肺地叫床，早想搬走，就问他具体情况。

"很凑巧，"他说，"你认识系里那个卡罗琳吗？"

我摇头。

"她在写作中心教课，不是正式编制，因为她只有硕士学位。去年夏天我在系里帮忙,跟她结识了。她租了一套房子,想分租一间出去,我去看了一下,环境不错,就决定搬到她那儿。卡罗琳喜欢写东西,发表过一些诗歌和小说,但都是在本地的小刊物上,没有像《纽约客》这样全国性的刊物。"

"写作这碗饭不好吃。"

"这就是我为什么从来不写的原因,"罗林略带世故地说,"写了也没人看。大师们把该写的都写了,我们只不过……"

突然,他压低声音说:"有人来了……"话音未落,从我身后传来一个女人兴奋得有点夸张的声音。

"是你吗,罗林?"

"莫妮卡,你好。"

罗林刚站起身,那个叫莫妮卡的女人就迎上来,拥抱住他。我注意到罗林的脸颊霎时变得通红。

"你去哪儿了,这么久都见不到你?"莫妮卡嗔怪地说,"我问了俱乐部的几个人,没有人知道你的行踪。"

"我去了一趟阿根廷。"

"为什么是阿根廷?"

"登阿空加瓜山。"

"是吗?"

"是。"

"太棒了!"莫妮卡眼睛大睁,满脸惊喜,一连串赞誉之词脱口而出。罗林一副尴尬的神态,顺从地站着,像个受训的小学生。

莫妮卡说了片刻,忽然意识到我的存在,赶忙转身,向我道歉,接

○
○
背上的猴子真会跳下来吗？谁也说不清。

着自我介绍，跟我握手。我也报了姓名，然后干巴巴地站着，心里惦记着去留的问题。

"汤姆是我在研究生院的同学。"罗林呆板地说。

"啊，你们都是高智商的一类。"莫妮卡半开玩笑地说，眼睛却不离罗林。

我想乘机溜走，说："对不起，我还有事儿，你们先聊。"

莫妮卡一把拽住我，说："不用，不用，我约了人打球，不好意思，打断你们了。罗林，别忘了给我打电话。"

罗林敷衍一声，张开双臂，与莫妮卡行个拥抱礼。

莫妮卡离开后，罗林如释重负地出口气。我们重新坐下来，却没有马上进入话题，似乎都在消化刚才的遭遇。

"你都看到了。"他终于说。

"怎么回事？"我装作随便地问。

"有一天，我教完球准备收摊儿，她进场来向我讨教打头顶球的技巧，其实她并不在我教的这一组人之内。我们聊起来。她听说我正在读研究生，业余教网球，便表现出极大的兴趣。我对她也有好感。从那以后，我们开始频繁交往，一起吃过几次午餐，但从来没有一起吃过晚餐。你知道，吃晚餐意味着什么……

"她说她有两个孩子，丈夫担任一家银行的副总裁，是个工作狂。她还说她的婚姻如同僵尸一般，没有活力，没有前途，但是她不知道应该怎么办。她跟我倾诉了许多，明确表示她很喜欢我，还说婚外情可能是拯救她的唯一途径……"

我惊诧地看着罗林。

"我当时听到这些,跟你一样吃惊。"

"你……发生了吗?"

"没有。否则你和我也不会坐在这儿兔死狐悲。"

"是的,是的,"我意识到自己有点失态,镇定了一下,说,"她这么直接,你居然……"

"我又回到了起点。"

"比回到起点更糟。"我带着情绪说,心里责备他让这么一个大好的机会从指缝间溜走。

罗林似乎习惯了这种失败,释然一笑,明显在告诉我,生活跟他开了一个善意的玩笑,他不会心存芥蒂。

"你现在回头仍然来得及。"我惋惜地说。

他摇摇头,说:"那之后,我们的关系就有点儿变味了,恐怕是我的沉默导致她产生了羞耻感。"

"一个道歉就解决了。"

"每个人都是有自尊的。"

我咀嚼罗林的话,怎么也想不通他居然放弃这样一个千载难逢的机会。难道有一种无形的神秘的力量束缚着他?是同性恋倾向吗?还是什么与生俱来的缺陷?

我和罗林静静地坐着,好像再谈什么都没有任何意义。当我们终于相互告辞的时候,一行大雁鸣叫着,从头顶上飞过。

星期一下午,我在学校的停车场远远看见罗林和比尔站在喷水池旁说话。比尔以他惯有的姿势,双手插在裤兜里,头微微倾斜,正在听罗林讲述什么。罗林总是用赫尔曼·黑塞小说里的纳尔齐斯和歌尔德蒙来描绘他和比尔的不同。比尔外向,让人觉得亲近;他内敛,拒人千里之外。比尔不喜欢读书,他嗜书如命;比尔两个月就换个女朋友,他却从来没有跟女人有肉体接触。我觉得这个比较十分精当。罗林没有刻意去做纳尔齐斯,比尔也没有刻意去做歌尔德蒙,但俩人呈现给世界的是一个性格磁场的两极。

我走上前去跟比尔和罗林打招呼。比尔笑着跟我握手,询问我近期的情况,每句话都显示着一种真诚和关切。他说罗林要搬家,问我周末是否有时间帮忙,家搬完后,大家可以去"宝贝"餐馆。我一听到"宝贝"餐馆,就禁不住笑了,因为比尔每交一个新的女朋友,都要邀请我们去那里相聚。我欣然同意。

时间转瞬即逝。星期六早上我和比尔差不多同时来到罗林的公寓,把一些纸箱搬到三个人的车上,再开几分钟,把东西卸在罗林新的住所。

卡罗琳开门迎接我们,罗林把比尔和我介绍给她。我快速打量了一下卡罗琳。这是一个中等身材的女人,胖瘦适中,短发圆脸,从微微松弛的眼袋来看,已经有了一些年纪。她显然不属于性感挑逗的类型,但说话的声音和节奏让人感到优雅平和,像一首缓缓流动的钢琴曲子。这是一种天生的气质,我暗忖,即便刻意装饰,也难以做到。

卡罗琳给每人倒了一杯水,大家在厨房的小桌边坐下来,漫无目标地聊着身边的琐事。卡罗琳说教大一的学生写作往往有意想不到的收获,比如学生的文章里出现的笑料。有一个学生写道:约翰·弥尔顿是一个很酷的英国诗人,喜欢离婚,也喜欢一夫多妻。他结过三次婚。

第一次结婚，他写了《失乐园》，后来老婆死了，就写了《重归乐园》；第二次结婚，他写文章为离婚辩护；第三次结婚，他的眼就瞎了。比尔调侃说，这篇作文的了不起之处在于把这些互不连贯的事件逻辑地组合在一起，堪称大手笔。

大家乐了一阵。我见时间临近中午，便告辞了。

晚上七点，罗林和我不约而同地来到"宝贝"餐馆。比尔还未到，我们俩人就坐在外面的长凳上说话等待。大约一刻钟过后，比尔跟一位高挑的女郎手牵手缓缓走来。相互介绍一番后，众人进了餐馆。比尔跟前台带位的小姐低语了两句，不一阵，一位个头矮小但精明强干的姑娘出现在我们面前。她跟比尔行了个贴面礼，把我们带到靠近吧台的一张包厢椅坐定，又客气地招呼了几句，一转身，旋即消失在桌椅之间。

"她叫詹妮佛，"比尔看着我和罗林说，"我们曾是朋友。"

我很清楚，与其说他在向我们解释，不如说他在跟新交的女朋友雪莉做交代。雪莉似乎并不在意，拿了菜单就嘟囔着要点喝的东西。片刻，服务员走来，她点了一大杯玛格丽塔，我和罗林各要了一瓶啤酒，比尔滴酒不沾，要了一杯冰茶。饮料上桌后，大家点了菜，然后边喝边聊。雪莉几口玛格丽塔下肚，话多了起来，不断地问罗林问题。比尔跟我自然变成谈话的伙伴。罗林喜欢法国当代哲学，说起雅克·德里达的结构理论滔滔不绝。"文学语言，尤其诗歌语言，应该具备一种开放性，"他认真地说，"跟法律语言的封闭性恰恰相反。任何表达同时也是限制，而文学诗歌因其开放性，是冲破这种限制的唯一途径……"

当罗林阐述这些对我而言似懂非懂的学说时，我观察到雪莉白嫩的面庞泛着绯红,眼光牢牢地嵌在罗林的脸上,而罗林则不停地左顾右盼,似乎在躲避她的凝视。忽然,雪莉细细地叫了一声,比尔和我不约而同地转过头来。

"比尔,你听到了吗?"雪莉激动地问。

"什么事,亲爱的?"

"罗林到现在都没有交过女朋友。"

"是的,亲爱的,"比尔淡定地说,"那是他背上的猴子。"

"哦,罗林,哦,罗林……"雪莉感慨得不知说什么才好。

罗林若无其事地一笑。

"你这个人一定非常挑剔,"雪莉评点说,仍旧目不转睛地看着罗林,"你必须明白,十全十美的女人根本找不到。"

"十全十美从来不是我的目标。"罗林断然说。

"如果是这样,你这个忙我帮了。"雪莉胸有成竹地说,"我本身是个挑剔的人,我能看中的人其他人多数也能看中。"

比尔接过雪莉的话茬说:"别瞎忙活,你成功不了。在这件事上,罗林是个谜。"

"你为什么这么说?"

"因为我曾经做过你想要做的事。"

"男人和女人的眼光是不同的。"

"随便你怎么说,但罗林是一扇打不开的门。"

"你是吗,罗林?"雪莉的语音中带着撒娇。

罗林不置可否地耸耸肩。

"你想找什么样的类型?"

"只要看上去不是傻乎乎……"

"听到了吗？"比尔插嘴道，"他话中有话。"

比尔的评论像一根导火索，点燃了雪莉，俩人你一言我一语地争辩起来。我真想打断他们，告诉他们罗林背上的那只猴子跟爱情毫无关系，他根本没有与任何女人长期厮守的打算，独往独来、无牵无挂是他生活的精髓，以情侣的眼光处理一个隶属于情侣世界之外的问题，结果是不可避免的失败。说白一点，罗林想跟某个女人发生性关系，但这个女人并不是随便哪一位即可，他必须是罗林喜欢的类型，罗林不会跟她交往很久，更不会跟她结婚。那就是说，他们的关系还未开始就已经结束。啊，幸运的女人你在哪里？

酒喝了一轮，我们开始点菜，点了菜，雪莉又要了一大杯玛格丽塔。我注意到比尔的眉头微微皱了一下，但他马上恢复了谈笑风生。雪莉的脸看上去越来越粉嫩，龙舌兰使她口无遮拦，滔滔不绝，连比尔也插不上嘴。罗林和我耐心地听她叙述发生在包括她妹妹和母亲在内的人身上的一些琐屑事情。比尔可能终于忍不住了，就借口去洗手间，离开了座位，直到饭菜上桌，仍没有回来。雪莉似乎意识到了什么事情，向我和罗林客气一句，也离开了餐桌。

"比尔背上也背着一只猴子。"我对罗林说。

罗林咧嘴一笑："不同的猴子。"

"仍然是猴子。"

罗林陷入深思，片刻，自言自语道："我需要一只不同的猴子吗？"

不一会儿，比尔和雪莉回来了。大家在近乎沉默的状态下吃完饭，热闹的气氛消失得无迹可寻。比尔始终温和地笑着，不时称赞他盘中的牛排恰到火候。雪莉则以一种敌对的态度,抱怨她盘中的大马哈鱼腥气得难以下咽。在这种状态下,甜点自然吃起来索然无味。结账时,詹妮佛来到餐桌边,问询我们用餐是否满意,告诉我们她给账单打了折,然后道了晚安。

从餐馆出来,雪莉立即恢复了之前的活跃,跟我和罗林拥抱道别。拥抱罗林时,她在罗林的脸颊上重重地印了一吻,好像还耳语了什么。当停车场只剩我们俩人时,罗林告诉我,雪莉说,如果罗林做她的男朋友,她丝毫不会犹豫。

聚会之后的一个半月里,我没有机会再见到罗林。十二月初,课程进入期末考试阶段。那天上午,我帮助教授改完学生的试卷,在图书馆门口碰见罗林。我们约好去学校的餐厅一起吃午饭。

下午一点钟,我匆忙赶到餐厅时,罗林已经守候在那里。我们各自买了一份三明治,吃完后开始说话。我问他寒假有什么打算,他说先教两个星期网球,然后回家看父母,过圣诞节,元旦过后返校。不久,话题落到雪莉身上。

"她跟比尔分手了。"罗林说。

"一点儿也不奇怪。"我说。

"比尔总是唱主角,她也想唱主角,自然合不到一起。"

"她跟你联系了吗?"

罗林摇摇头,说:"那天她喝多了。"

"她说她要帮你介绍女朋友。"

"我不会当真的。"

从罗林的口气中，我能听出他并不喜欢雪莉。

"有件事儿，困扰我好几天了，"沉吟片刻，罗林幽幽地说，"想听听你的看法。"

我等待下文。

"卡罗琳答应帮我。"

"卡罗琳？"

"跟我分租房子……"

"哦，她看上去是个有气质的人，介绍的女孩儿也不会错。"

"你误会了我的意思，"罗林突然红了脸，笑着说，"她要帮我卸下我背上的猴子。"

"我不明白。"

"两个星期前的一个晚上，卡罗琳和我有过一次长谈。我们认识已经有一段时间了，我对她没有必要隐藏，就把我的苦恼跟她和盘托出。她静静地听完我的故事，自始至终没有插一句话，末了，捏捏我的手，像个大姐姐似的。第二天早上，我起床后，发现卡罗琳在厨房准备早餐，她给我也做了一份。我们刚刚在餐桌边坐下来，她便对我说，昨晚听了我的讲述后，她想了一晚，如果我不介意，她愿意跟我做一回性事，帮我卸掉背上这只猴子。她说，大家都是成年人，不必为此而感到不好意思……"

我深深咽了一口唾液。

"她提出这个建议时是那么轻描淡写，好像在谈论一次散步，或者一杯饮料。我怔怔地坐在那里，既震惊又尴尬，不知如何回答。她拍拍我的手，嫣然一笑，说她并无羞辱我的意思，如果我觉得不妥，千万不要心存怨气。我不记得当时说了点儿什么，只记得自己结巴得厉害。她说她非常理解，因为男女之间的事情通常不是以这样的形式发生的，只要我觉得坦然了，任何时间都可以……"

我又深深咽了一口唾液，生怕遗漏任何细节。

"接下来的几天内，我的心里总是忐忑不安，她的音容笑貌在我眼前不断出现，挥之不去。我想方设法躲避她，但大家生活在同一个屋檐下，不可能不碰面。她一如既往地谈笑，我尽量掩饰内心的骚动，这是一种非常难熬的窘境。我完全丧失了判断力，不知道下一步该怎么走。如果你我换位思考，你会怎么做呢？"

"不可想象，"我喃喃道，"不可想象。"

"是的，"罗林苦笑一下，"这件事不仅发生得突然，而且超越常规。"

"你觉得她让你动心吗？"

"她虽然不再水嫩，却仍然不失一个颇有魅力的女人。"

"那你还等什么呢？"

"难道不需要先培养一些感情吗？"

我被罗林的认真逗乐了："如果说这话的是一个女人，我能理解。但是我们是男人，男人是受纯粹的性驱使的动物。天下的妓院都是为男人开的，按时收费。你有多少钱可以承担培养费用？"

"可是她和我不是妓女和嫖客的关系。"

我实在忍俊不住："你的判断力的确受到了影响。"

罗林也松动了绷紧的神经，挤出一个笑容。

"说到感情，我倒有个疑问，"我若有所思地说，"很明显，卡罗琳是一个非同一般的女人。你想过没有,她为什么这么做？"

罗林惑然地看着我。

"人做事都有动机。你觉得她暗暗喜欢你吗？"

罗林摇摇头,说:"如果是那样,她一定会直白地告诉我。另外,从她的言谈举止所传递的信息判断,她最多对我表示同情。"

"她有男朋友吗？"

"有过,但现在有没有,不太清楚。"

"也许她为了临时的需求。"

"她身边并不缺少男人。就我所知,系里至少有两个教授对她兴趣浓厚。"

"也许她是专门袭击男孩儿的美洲母狮。"

"我既不是男孩,长得也不够帅气。"

"一定有某种原因。"我锲而不舍地说。

"多半是利他主义,"罗林建议道,"她是一个典雅的女人,生就一副善良的心肠,对他人的痛苦无法视而不见、见而不为。"

"你真他妈的运气,"我不无嫉妒地说,"跟中彩一样。你打算今晚就兑现彩票吗？"

罗林长出一口气,说:"想不到我的第一次竟是这样。"

我听出他的话外音,就极力怂恿:"等待是坏事的根源。千万别再做普鲁弗洛克了。"

罗林咧嘴一笑,好像找到了志同道合的朋友,随即念道:

……是的,会有时间

考虑清楚,"我有胆量吗？""我有胆量吗？"

会有时间转身下楼,

那时头顶暴出一块谢顶的秃……

念毕,他猛然站起身,斩钉截铁地说:"我一定找个合适的时机。"

"天底下没有合适的时机。合适的时机是现在,当下,今晚。"

"我需要彻底冷静下来。我想在动身回家过节之前,至少有两个星期的回旋余地。"

"两个星期太长了,中间什么都可能发生。"

罗林没有应答,看来他决心已定。我们各自有论文要写,就此握别,相约节前再打一次网球,届时分享他的好消息。

不承想,寒假伊始,我的二手车就发生了故障。朋友介绍了一位马来西亚华裔修车师傅,价格便宜,但修车的人多,至少要两个星期才能排到。穷学生无可选择,只好等待。期间,我给罗林打电话,想解释一下无法如约打球的情况。罗林不在,接电话的是卡罗琳。我们简单地聊了几句,无非是假期的安排、过节的去向等客套话题。卡罗琳说话的声音依然那么迷人,从电话的那一头传来,清澈舒缓,汩汩得像穿流石缝的小溪,蕴含着无形的渗透力。我撂下电话,呆坐良久,想入非非。如果罗林最终接受卡罗琳提供的教育,难以想象这堂实践课将如何展开。是否需要前戏?抑或首先探讨一下两性的构造?过程也会是理性的吗?结业呢?握手致谢?从今以后,他们将带着一种什么样的心情生活在同一个屋檐下?滑稽,尴尬,还是装作什么也没有发生?……蓦地,我感到心烦意躁,似乎我的背上也爬着一只猴子,他手舞足蹈,使人不得安宁。

圣诞前夜,我的车终于修好了。明知罗林已经回家过节,我仍然鬼使神差地跑到麦肯伯格网球俱乐部。果然,俱乐部的停车场空空荡荡,不见人影,这难免使我感到一丝失望。我回到公寓埋头读书,读得累了,便躺在床上凝视天花板。夜深人静,住在隔壁那个肩膀上文着大朵玫瑰的女人不再撕心裂肺地叫床,不知是永久迁移,还是短期出行,倒让我觉得缺少了什么。我想到卡罗琳。罗林一定在温柔乡温柔了一回,卸掉了身上的重负,轻松地回家过节了。有谁能拒绝像卡罗琳这样充满魅力、毛遂自荐的女人呢?我奇怪罗林为何在回家过节之前没有跟我打招呼,向我描述事情的经过。也许他走得匆忙,也许他为自己的行为感到羞耻,更有可能是他和卡罗琳的床第之欢不可预期地改变了俩人的关系,把他们送上了浪漫的旅途……

一阵电话铃声把我从睡梦中惊醒。窗外天色大白,太阳早已升高。我懒懒地拿起电话。

"喂!"

"是汤姆吗?"

"请问是谁?"

"罗林。"

"嘿,罗林。你好!"

"圣诞快乐!"

"也祝你圣诞快乐。"

"我吵醒你了吗?"

"没关系。我也该起来了。"我彻底清醒过来,口齿也干净了许多。

"今天没有活动吗？"

"晚上去一个朋友那儿聚餐。你呢？"

"来了一大帮亲戚在我父母这儿过节，刚刚互赠了礼物，我就想给你打个电话。你说节前想打球的，可是没有见到你。"

我解释了一番，说："其实我昨天还去了一趟俱乐部找你。"

"很遗憾，我一大早就离开了。"

"啊，我来猜猜，"我迫不及待地说，"你打电话来是要跟我分享好消息吗？"

"我打电话想告诉你……"罗林突然停顿。

我等待着。

"卡罗琳要结婚了。"

"什么？"我嚷道，"你说什么？"

"前天晚上她亲口告诉我，她准备结婚了。"

"她在开玩笑，是吗？"

"她不是开玩笑。"

"怎么可能呢？这怎么可能？"

罗林沉默半晌，无可奈何地说："我又晚了一步。"

"她不久前刚跟你说……"

"是的，但是她的男朋友改变了主意。"

"不可能，绝对不可能，"我抗辩道，"这是她的借口。"

"是真的，汤姆。她邀请我参加她的婚礼。开学后，她也可能送你一个邀请。"

我哑口无语。

"你感到吃惊吗？"罗林问。

"当然吃惊。太吃惊了。完全不可思议。"

"是的,戏剧性不亚于莎士比亚。"

我试图找些话来安慰罗林,但思来想去觉得只有希望才是治疗的良方,便说:"卡罗琳虽然要结婚了,但并未撤销她的提议。很明显,她跟男朋友的关系不是一天两天了,如果她在跟男朋友交往的过程中能够为你提供帮助,结婚应该不是一个障碍,可能性仍然存在。"

罗林毫无迟疑地应答道:"决定结婚的当天, 她就立即通知我,难道这不足以说明问题吗? 我不会再向她提起这件事, 那将是自取其辱。"

我清楚罗林的判断是正确的,就不再坚持自己的看法,觉得应该说些鼓励的话,又不知如何提拔他的信心,结果还是他岔开了话题。他告诉我他最近读了科林·威尔逊的《局外人》,很有收获,对自己有了更深刻的理解。末了,他嘿嘿一笑,说:

"汤姆,相信我,猴子最终会跳下来的。"

杜先生不想离婚,但又不能保证不打老婆。他最后一次家暴是在四个月前,杜太太被打得眼青鼻肿,深更半夜冒着大雨跑到一位律师朋友家求助。律师朋友给一位专门办理家庭纠纷案的同行打了个电话,杜先生和杜太太的离婚案就此进入正式诉讼程序。杜先生自然是被告,杜太太是原告。杜先生没有请律师,杜太太请了个律师,杜太太请的律师是我在法学院就读时的同学泰勒。

　　一天,泰勒请我一起出去吃午餐。午餐吃毕,他才说,我接手了一桩离婚案,需要你帮忙。

　　我说,我只做税收和财产,不涉及家庭,这个你是知道的。

　　他说,不是要你办案,是请你做翻译。

　　这倒使我始料不及。

　　泰勒说,请你做翻译的确不太公平,但我也是万般无奈。客户是台湾人,不怎么懂英语,理解法律术语就更加困难。你说普通话,又是律师,这事非你莫属。泰勒又说,关于费用,我就按你的收费标准每小时付你二百五十美元,你看如何?

泰勒跟我有多年的交情,他的请求我当然无法拒绝。他给我一摞材料,让我过目,并告诉我庭审的日期。

我抱着文件回到办公室,花了三个多小时,把案子的来龙去脉大致梳理了一下。杜先生和杜太太十九年前从台北来到美国,在哥伦比亚市定居。俩人起初在一家中餐馆打工,两年后自己开了一家快餐店。快餐店开了三年后被卖掉,他们接着盘下了现在经营的中等规模的餐馆,堂吃外卖酒牌一应俱全,生意稳定,收入可观。杜先生和杜太太育有一儿一女。儿子一边在社区大学读书,一边帮助打点餐馆;女儿上高三,周末也在餐馆帮工。杜太太声称杜先生整日混迹在朋友圈里,不是打麻将、喝酒、吃饭,就是消磨在高尔夫球场上,对餐馆的业务不仅疏于打理,而且大把地挥霍经营资金,使生意几经倒闭的边缘。杜太太从此收紧银根,每月只给杜先生一点零花钱。杜先生恼羞成怒,大打出手。杜太太搬动警察,警察把杜先生双手一铐,押到拘留所,关了一个星期,准备移交检察院,以刑事案立案。杜太太在最后关头请求检察院撤诉,给杜先生一个悔改的机会。检察院尊重杜太太的意见,释放了杜先生。然而,杜先生不思改过,仍旧终日游手好闲,对生意不闻不问。杜太太忍无可忍,提出离婚。杜太太的律师提出庭外协议离婚,杜先生一口回绝,坚持对簿公堂。杜家的两个孩子均站在母亲一边,提供了详细的证词。杜太太要求法庭将所有的财产划归在她的名下,因为这些财产是她一个人十九年来辛勤劳作的成果。杜太太同时答应每个月给杜先生一些生活补助,条件是杜先生必须找一份工作,自食其力。

○
○

他终于可以长长地出一口气，他的预谋实现了⋯⋯

过了几天，泰勒打电话问我对案子有什么看法和要求。我说，案子一目了然，这个婚是离定了，棘手的是财产的分割。杜太太想独享他们的生意和房产，杜先生肯定会不顾一切力争。法官一般不大可能完全站在原告一边，尽管问题完全归咎于被告。

泰勒说，这个你不必担心，杜太太答应在必要时让出一部分财产。但于原告有利的是，杜先生如今身无分文，雇不起律师，庭审应该相当顺利。泰勒又说，你虽然是原告雇来的，但翻译的工作将基于庭审的整体需要，包括为被告提供语言服务。法庭已经接受了我们的提议和安排，这仅仅是翻译，不存在利益冲突。

我问泰勒，谁是主审法官？

他说，罗杰斯。

我说，如果是道格拉斯，你得谨慎行事；如果是罗杰斯，即使你在法庭上睡一大觉，这个案子也是你的了。

泰勒哈哈大笑。

庭审的那天，我提前十分钟到达司法大楼。泰勒、杜太太以及杜太太的两个孩子已经在大厅守候。我跟泰勒握手。泰勒把我介绍给杜太太和两个孩子。杜太太中等身材，略显消瘦，穿一套深灰色西装长裤，不失精明强干，只是面容稍显憔悴，给人的整体印象是诚恳、宽厚、疲惫。我心想，这个设计还是很准确的，不知是她本人的主意，还是泰勒的推荐。她跟我握手，露出谦卑的笑，用中文说，李律师，谢谢你出面帮助我们。

我微笑着说，我帮不了什么忙，重头戏在泰勒身上。

杜太太扭头冲泰勒一笑,说,拜托你们了。

我说,泰勒能力很强,相信他一定会保护好你的利益。

杜太太点头,表示认同。我把我和杜太太的对话翻译给泰勒听,泰勒谢了我,然后示意大家入庭。

一行人鱼贯而入,各自走到预定的位置。泰勒和杜太太坐在右侧的原告席,杜太太的两个孩子坐在原告席后面听众席的长椅上,我则坐在左侧靠墙的地方,远离原告被告,也远离法官。被告席空着,杜先生还没到。听众席有不少人,一对亚裔面孔的男女坐在听众席的最后一排,弄不清他们旁听是为了汲取经验,为了看热闹,还是另有所图。杜太太似乎也注意到他们的存在,脸上的表情霎时阴暗下来。我猜想杜太太或许认识这对男女,他们的存在显然使她不悦。

这时,一个矮小黑瘦的中年男人走进法庭,先环顾左右,然后把黑色的公文包扔在桌上,重重地往椅子里一摔,长出一口气,一副疲惫不堪的样子。我想这无疑是杜先生了。

法庭陡然安静下来。一位人高马大的法警不知从哪儿冒了出来,一声高吼:全体起立!女士们、先生们,里奇兰区家庭法庭现在开庭。尊敬的坎蒂丝·罗杰斯法官今天担任主审。现在请法庭书记员桑德拉小姐领颂誓文。

桑德拉小姐从证人席旁边的一张小桌后面站起来,右掌贴附在左胸,念道:我宣誓……效忠美国国旗……以及国旗所代表的共和国……完整统一的国家……全民共享自由和公正。

她念一句,在场的人就跟一句,念完了,罗杰斯法官一身黑袍,从侧面的一扇小门现身,走上台阶,坐在主审的高位。法警请大家坐下,桑德拉小姐宣布今天审理的案子的编号。罗杰斯法官紧接着对法庭的出庭要求、作息时间等事项做了一个说明，说毕，把视线集中在原告席，问，原告今天到场了吗？

泰勒和杜太太同时站起身。泰勒说，尊敬的法官，我是迈克·泰勒，原告杜太太的法律顾问。这是原告杜太太。

罗杰斯法官把眼光转向被告席，问，被告今天到场了吗？

杜先生愣了个神儿，扫了泰勒和杜太太一眼，也照猫画虎地站起身，声音洪亮地回答，我在这儿。

法庭里顿时涌起一阵窃窃私笑。罗杰斯法官轻轻敲敲木槌，示意肃静，又问，你是杜先生吗？

杜先生说，是我。

罗杰斯法官说，你回答我的问题时，要使用"尊敬的法官"，明白吗？

明白了。

杜先生……？

对不起……我明白了……尊敬的法官。

罗杰斯法官慈祥地笑笑，然后转向我，说，李先生，你今天担任翻译，请向法庭说明你的资历，以便法庭决定你是否胜任这项工作。

我把律师资格认证号码、美国翻译者协会会员证书等有关情况做了一个简单的陈述。罗杰斯法官指示我庭后提交相关的文件，作为庭审的一部分收入卷宗。她交代完这些之后，再一次把注意力转向被告席，问，杜先生……

我在这儿，尊敬的法官。

法庭里又听到低微的笑声。

罗杰斯法官说,杜先生,我叫你的时候,你回答一个简单的"是"就可以了。

是。

还记得吗,尊敬的……?

尊敬的法官。

罗杰斯法官又慈祥地笑笑,说,杜先生,你有法律顾问吗?

杜先生恭敬地回答说,没有,尊敬的法官。我请不起律师,尊敬的法官。我很穷。我无家可归。我只有一辆凌志豪华越野车。我住在车里。

法庭上又掀起一阵小小的骚动。

罗杰斯法官说,杜先生,你本人受过法律训练吗?

没有,尊敬的法官。我的英语很烂。

杜先生,如果没有受过法律训练,你知道如何做自己的法律顾问吗?

尊敬的法官,我看电视节目。

听众席上哄堂大笑。站在我身边的法警也忍俊不住,用手背压着嘴喷笑。罗杰斯法官也咧嘴笑了,笑过之后,和蔼地说,杜先生,电视节目跟真实的法庭是不一样的。

是,尊敬的法官。电视里的法官不像你这么善良。

罗杰斯法官不为所动,说,杜先生,不懂法律,你可能会吃亏,因为相关的程序、案例法及其表述都会对案件的结果产生重要的影响。你明白吗?

杜先生满脸疑惑地盯着罗杰斯法官,片刻,把眼光转移到我身上。如果刚才当庭的简短对话他还凑合能够驾驭,现在他明显感到如坠入云雾般一片空白。罗杰斯法官看出杜先生的窘态,说,李先生,请你把我的意思翻译给他。

杜先生听了我的翻译,仍旧一脸的空白,显然不明究竟,既不知道程序包含什么内容,也不清楚案例法是什么东西。我耐心地跟他解释,举了几个程序的例子,比如取证范围,再比如被称为"发现"的证据分享,但有关案例法的问题,由于太复杂,我只好省略不谈,以免占用法庭过多的时间。

罗杰斯法官见我们住了口,问,杜先生,你听明白了吗?

杜先生看看我,又看看法官,毫无底气地说,基本明白了。

罗杰斯法官说了声好,然后又问,杜先生,我这里缺少一份你应该提交的证人名单,你现在可以把这份名单给法庭和原告各一份吗?

杜先生说,我没有名单,尊敬的法官。我邀请了几个朋友出庭作证,但他们都很忙,来不了,只有一位朋友愿意帮忙,他的名字叫查理,他就坐在……杜先生扭头朝听众席张望,自言自语道,他说要来的……

罗杰斯法官说,本庭提醒你,如果证人无法出庭,你可以获取他们的书面证词。你需要提交书面证词吗?

杜先生又遇到了障碍,目光转向我。我把法官的意思连翻译带解释给他。他听后迫不及待地说,尊敬的法官,我没有书面证词。我的朋友讲的英语也很烂,他们不会写证词。

罗杰斯法官说,杜先生,证据是任何案件的重要组成部分,缺乏证据可能对你的辩护产生不利影响。你明白吗？

杜先生多半听明白了，对我说，李律师，请你把我的话翻译给法官。然后，杜先生向罗杰斯法官慷慨激昂地用中文说道，美利坚合众国是一个伟大的国家，一个法制的国家，罗杰斯法官你也是一位了不起的法官。我相信你会秉持公道，对我们这个案子做出一个合情合理的判决。我知道自己不是一个完人，首先我这个人其貌不扬，还有，我这个人嗜酒如命，但是我这个人重义气。我太太当年就是看中我这一点。我们来美国时身无分文，现在我们有房有车，所以说，我对这个家庭是有贡献的。没有我，会有我们家庭的现在吗？这还用我说吗？还需要什么证据？我就是活生生的证据。我相信法律，相信法庭。我的话讲完了。谢谢法官，谢谢法庭，谢谢在座各位。李律师，这本来是我准备庭审结束时讲的，提前讲了，不会有什么问题吧？

我没有回答杜先生的提问，因为法庭正等着我翻译。杜先生的演说云山雾罩，我无法摸清主题，只好按照字面意思复述。罗杰斯法官听着听着，眉头皱成一团，却没有发表任何评论。

庭审正式启动。首先，原告做了一个开场白，把案子的起因和原告的诉求娓娓道来。末了，泰勒说，我们将向法庭出示翔实的证据，证明我刚才的陈述句句属实，也希望法庭基于这些证据做出公正的、有利于原告的判决。接着，被告做开场白。杜先生说，我不同意他们的看法。我打太太不对，但是我打她是有起因的。餐馆生意是我们共同的，为什么她不给我钱花？她也不对。我相信法官，我相信法庭。

开场白过后，传唤证人开始。泰勒的第一个证人是逮捕过杜先生的警察。警察根据泰勒的提问，叙述了事件的经过：某年某月某日接到警察局的调遣,去某条街某个门牌号处理举报的家暴事件,遇到了一男一女,男的自称为杜先生,女的自称为杜太太,就是坐在被告席和原告席上的两位。杜太太鼻子流血,肩膀瘀青,明显受到强力攻击。杜先生对自己的暴力行为供认不讳,逮捕他时,没有发生拒捕。

杜先生坐在被告席,耷拉着眼皮,木无表情地听完警察的叙述。罗杰斯法官说,杜先生,轮到你提问证人了。

杜先生说,我没有问题,尊敬的法官。

泰勒又传唤了另外一位警察,为杜先生的第二次家暴提供时间、地点、事件报告等证词。杜先生仍然没有交叉问证。接下来坐上证人席的一个是杜太太的牙医,一个是杜太太教会的牧师。牙医证实,杜太太某月某日到他的诊所就医。据病人称,前一晚曾被其丈夫殴打。病人的牙床显示创伤,明显是外力所致,比如掌掴,伤口是新的,与家暴在时间上吻合。牧师描述了杜先生在教会多次对杜太太辱骂的事实,虽经调解,杜先生的粗暴行为并未改正。

这时已接近午饭时间,罗杰斯法官宣布暂时休庭。

泰勒邀我一同去吃午饭,由于私事缠身,我婉言谢绝,径直出了司法大楼,没料到在门外的台阶上撞见了杜先生。杜先生似乎专门在等我,说,李律师,不好意思,我知道你很忙,想请你吃顿便饭,以表谢意。

我说,这是我的工作,不必客气。

杜先生说,其实我另外有事相求,还望李律师帮我这个忙。

我急于离开,就敷衍道,吃饭就免了,我们庭审完喝杯咖啡或啤酒倒可以。

杜先生马上应接,好,李律师,一言为定,今天庭审完我在此等候。

下午第一个坐在证人席上的是曾经帮助杜太太的那个律师。律师名叫托德，专门办理工伤事故的案子。托德跟泰勒关系不错，俩人曾为副州长的竞选出过力。泰勒私下跟我透露说，托德是衣柜里的同性恋，法律圈子的人都清楚，只是由于社会压力，谁都不捅破这个公开的秘密。在这么保守的一个城市，托德要办案，其他人要跟托德合作，秘密捅破了，大家都会尴尬不堪。

　　托德是泰勒请来的证人，自然站在原告一边，他用平淡的口吻把几个月前雨夜发生的那一幕向法庭复述了一遍，之后，泰勒提了几个问题，无非想强调屡次家暴给杜太太造成的人身伤害，以及这种伤害导致的必然后果。

　　杜先生一只胳膊支撑在桌上，跷着二郎腿，一副事不关己的态度。出人意料的是，泰勒刚刚住口，杜先生便急不可耐地站起身，向罗杰斯法官声明，他需要提问证人。一直保持沉默的他突然变得活跃起来，让在场的人，包括我自己，多少吃了一惊。

　　杜先生双手背在身后，慢悠悠地走到证人席跟前，却侧身冲着证人，目光盯着别处，就像电视节目里戏剧化的场景一般。在法庭内外冲锋陷阵的律师有可能以这种轻视的举动卸除证人的傲气，但是我不清楚他是否了解这种手段并在此运用。听众席上传来嗡嗡的议论声。

　　请问，你名叫劳伦斯·托德吗？杜先生问。

　　是。托德毫无兴趣地回答。

　　请告诉法庭，你和杜太太认识多久了？

　　至少十年。

你们是怎么认识的？

我是杜太太餐馆的常客。

这就是说，你是一位普通客人。

我不那么认为，因为我每星期都去吃饭。

这就是说，你不是一位普通客人。

可以这么说。

杜太太也不把你当作一位普通客人，是吗？

这个问题应该由杜太太回答。

问证进行到这个关头，听众席变得鸦雀无声。我突然意识到，杜先生并非像多数人的笑声所暗示的那样，是个喜剧色彩浓厚的丑角。这时，杜先生仍然慢悠悠地走到被告席，从桌上的黑色公文包里抽出一个记事本，翻了几页，再走回到证人席。

托德先生，杜先生说，去年5月12号深夜，有人敲你家的门，是吗？

是。

敲门的人是谁？

杜太太。

杜太太为什么半夜敲你的门？

这个你最清楚。托德不屑地说。

请回答我的问题。

杜太太说她被你殴打了。

杜太太被殴打后，冒着大雨，深更半夜向你求救，说明你们之间有一层特殊关系。你同意吗？

那要看你说的这个"特殊"是什么意思。

杜先生笑笑,说,"特殊"就是"非同一般"。不论你怎样理解。

可能是吧。

杜太太敲门后,你开门了吗?

托德有些不耐烦地说,当然,否则怎么会知道是杜太太。

你让杜太太进屋了吗?

具有同情心的人都会这么做的。

杜太太进屋后没有立即离开,事实上她在你家里过了一夜,对吗?

听众席上掀起一阵骚动。

托德明显被激怒了,冲着罗杰斯法官大声说,尊敬的法官,不知这些问题与本案有何关系?

罗杰斯法官的目光马上向原告席扫去,泰勒先生……?

泰勒好像刚从睡梦中醒来,说,尊敬的法官,我反对。问题与本案无关。

反对有理,罗杰斯法官肯定道。杜先生,请提与本案有关的问题。

杜先生不自然地咧嘴笑笑,继续问道,托德先生,你结婚了吗?

托德气呼呼地说,我拒绝回答你的问题。

罗杰斯法官又一次介入,杜先生,我提醒你,请提与本案有关的问题。

尊敬的法官,杜先生说,这个问题与本案有关,涉及杜太太为什么要跟我离婚。

证人,罗杰斯法官说,请回答提问。

没有。

你喜欢杜太太吗？

我反对，泰勒懒懒地说。

杜先生，罗杰斯法官严厉地说，我警告你。

尊敬的法官，杜先生应道，我的问题问完了。

罗杰斯法官让托德退出证人席。杜先生也回到被告席，仍旧跷起二郎腿，两臂交叉在胸前，显出一副踌躇满志的神态。如果家庭法庭也有陪审团，我暗忖，杜先生的表现一定会在某些陪审员心中播撒一片同情的种子，从而为后面的财产分割埋下伏笔。

接着，泰勒开始传唤另一批证人，为杜太太独享财产做辩护。这是本案的关键，原告显然在上面花费了不少时间和精力，否则也不会细致到请银行的职员担当证人。相比之下，杜先生就显得门庭冷落。不仅如此，在理应交叉提问原告证人的时候，他一如既往地保持沉默，任泰勒和证人大肆渲染杜太太的商业才干和业绩，直至当日休庭。

罗杰斯法官宣布今日庭审结束，明日继续。因为本案时限已到，原告和被告必须在明日下午四点之前传唤所有的证人，然后向法庭做总结性陈述。

罗杰斯法官退庭后，我跟泰勒简单聊了几句，随后走出司法大楼。杜先生果然在外等候。我建议就在广场对面的一个爱尔兰酒吧小坐片刻，他欣然应允。

时间还早，酒吧里几乎空无一人。我们找个角落坐下来。我要了一瓶啤酒，杜先生要了一杯波旁威士忌。等待的间隙，我说，杜先生，你今天在庭上很像那么回事儿。

杜先生尴尬一笑，说，我是胡搅蛮缠，又说，李律师，我有一事，急需你的帮助。

我说，这要看我是否力所能及。

杜先生说，我想立一份遗嘱。

什么样的遗嘱？简单的，还是复杂的？

应该是复杂的。

我打量了他片刻，心想，他上午刚在法庭上宣布自己身无分文，流落街头，没钱请律师替他辩护，怎么突然又有了遗产？

你要把你开的凌志豪华越野车留给儿子吗？我半开玩笑地问。

杜先生咧开嘴，无声地乐了，说，我儿子才不稀罕呢，他要买一部兰博基尼。

那么，你立遗嘱莫非……是餐馆和房子吗？

不是，不是。餐馆和房子都在我太太名下。

你个人另有财产？

杜先生没有马上回答我，反问道，李律师，我们俩人的谈话，你有法律责任保密，对吗？

我淡淡一笑，说，严格说保密的责任在你我签署律师委托书后生效，不过，我现在向你口头担保，即刻起你我隶属于律师—当事人关系，我们的谈话具有保密性。什么时候你到我的办公室补签一个委托书就可以了。

杜先生连声道谢，举起酒杯，说，李律师，请。

我等待他的下文。

李律师，我有一些股票和现金，想把它们用信托的形式写在遗嘱里，留给我的孙子孙女外孙子外孙女。

听了杜先生的话，我微微吃了一惊，问，杜太太知道这笔财产吗？

知道。杜先生简短地说。

我又是一惊，问，为什么案子的财产清单上没有这笔财产？

案子将来会被区里的司法局公开的，一旦公开，别人就会知道这笔财产。万万不可，万万不可。

我琢磨着杜先生的话，心生疑窦。

李律师，他摊开两手，说，我有我的苦衷……近期可能有人找我的麻烦……

我突然觉得杜先生的话听起来有些怪诞，便紧紧地注视着他，在他脸上寻找反常的迹象。

李律师，他浅浅地笑着说，你不必担心，我头脑很清醒。

我思索半晌，说，好吧，我答应帮你这个忙。不过，我要先说清楚，尽管遗嘱具有法律效力，但是如果你太太将来起诉你隐藏财产，法庭会对此做出最后裁决，很可能对你不利。

杜先生胸有成竹地说，不会的。

我说，我只是提醒你。星期五你带着财产的文件到我办公室来，我给你起草一份遗嘱，把信托的部分写进去。另外，如果你的股票和现金是一笔可观的资产，最好找一家银行或投资公司帮你管理资产。

杜先生说，啊，没多少钱，总共加起来差不多三四十万吧。李律师，关于资产管理，你推荐哪家银行？

等我们星期五见面时再谈，怎么样？

杜先生连连点头，然后打开他的黑色公文包，从夹层里取出一个棕色信封，说，李律师，这是五千美金，你的费用。

我说，用不了这么多。

杜先生张开手掌，做出拒绝的姿势，说，请你一定收下。如果不够，请你告诉我。万一联系不到我，你找我太太要好了。

我说，我会寄一份账单给你，多余的钱如数退还。

杜先生摆摆手，说，李律师，你尽开玩笑，哪里有退钱的道理。

我不再纠缠这个话题，就跟杜先生喝酒聊天。他问我什么时候来美国，家里有些什么人。我也问他什么时候来美国，是否还有亲戚在台湾。他说台北有老母亲和一个弟弟，但不联系。我颇感奇怪，又问他是否常回台湾。他说自从来美国后，一次也未曾回过，母子三人在香港见过一次，也是十年前的事情了。杜先生的声调里透露出深深的遗憾，这倒让我感到费解。像他这样经济状况良好的人，回趟台湾应该是一件容易的事。我猜想他或许别有隐情。

交谈了半个多小时，我打算告辞。杜先生抢着付了账，我们在酒吧门口握手告别。

庭审第二天继续。泰勒走马灯似的传唤了一个又一个证人，从餐馆的常客到食品公司的推销员，从出租地盘的房东到银行的职员，大家一致证实杜太太是一位出色的经营者，为餐馆的发展投入了全部的时间和精力。对照之下，杜先生在这些人眼里不过是一个名义上的业主，因为他们不记得曾经在餐馆里见到过他的身影。杜先生的两个孩子最后走上证人席，向法庭透露了对他不利的种种细节。在整个问证过程中，杜先生不仅没有交叉提问，而且没有提出任何反对，自始至终摆出一副事不关己的派头。原告的问证结束后，被告的问证开始。杜先生只有一个证人。

杜先生:请告诉法庭你叫什么名字?

证人:查理·张。

杜先生:我们认识多久了?

证人:有十年了吧?记不清了。老杜,你应该比我清楚嘛。

杜先生:我们是在哪里认识的?

证人:这个嘛我比较清楚。那天,我去坎顿俱乐部打高尔夫球,不知道怎么搞的,满场。你邀请我加入你这个组,就这么认识啦。

杜先生:我们认识这么久,你对我应该很了解。

证人:了解,了解,非常了解。我们几乎天天都在一起打高尔夫球,当然了解。

杜先生:好,我问你,我是一个崇尚暴力的人吗?

证人:不是,当然不是。脾气嘛谁都会有的。发脾气也是有原因的。俗话说,一个巴掌拍不响。英文也有句话,说……说什么……啊,跳探戈舞必须两个人。

杜先生:张先生,你到我们的餐馆吃过饭吗?

证人:吃过,吃过,而且不止一次。

杜先生:你每次来吃饭都能见到我,对吗?

证人:对,对,每次都能见到你。

杜先生:你每次见到我的时候,我都忙得不可开交,对吗?

证人:对,对,每次我都忙得不可开交。

杜先生:不是你忙,是我忙。

证人:是你忙,是你忙。

杜先生:这说明什么问题呢?

证人:是啊,这说明什么问题呢?

杜先生:这说明我这个人敬业。

证人:是,是,杜先生敬业。

杜先生:既然我敬业,那么,我对餐馆生意就是有贡献的,不是吗?

证人:是,是,杜先生有贡献。

杜先生:既然有贡献,餐馆的生意就应该有我的一份,对吗?

证人:对,对,应该有你的一份。

杜先生的逻辑一目了然,但是逻辑归逻辑,他什么证据也拿不出来。泰勒本可以反复提出反对,却无精打采地靠在椅背上,一支笔不停地在手心里敲打,轮到他交叉提问查理·张的时候,居然毫不犹豫地放弃了这个机会。他的结论大概跟我的结论一致:杜先生的证人帮了他一个大倒忙。

罗杰斯法官给原告和被告各五分钟的时间做一个小结。泰勒说了三句话:离婚的起因是家暴。杜太太和孩子是受害者。餐馆生意由杜太太一手创办经营,她理应享受全部所有权。杜先生说了一句话:我的结束语已经当作开场白说了。罗杰斯法官指示原告和被告在星期五之前,各自向法庭递交一份以案例和法规为依据的申辩书,一周之内,法庭将做出判决。

罗杰斯法官退庭后,我走到原告席同泰勒和杜太太握手,再转身看时,杜先生已扬长而去。杜太太要酬谢我和泰勒,请我们到她的餐馆吃饭。我还有案子要做,无法应约。泰勒表示等罗杰斯法官的判决下达之后再吃也不迟。大家又客气一番,相互告辞。

星期五,杜先生来到我的办公室,签了一份律师委托书,另外把起草遗嘱要用的财产证明交给我。我问他案子的申辩书是否递交给了罗杰斯法官,他说没有。这也怪他不得。他既不知道案例,也不清楚格式,更不具备英文能力,只好听天由命,指望罗杰斯法官善心大发,网开一面。我向他解释,法律就是法律,以证据说话,不是法官的好恶所能左右的。杜先生怔怔地看着我,一脸的不知所措。

　　下一个星期五,案子的判决下达,判决结果无人感到惊奇。离婚得到批准,房子和餐馆生意完全归杜太太所有,杜太太支付杜先生六个月的生活费。杜先生上诉的可能性几乎为零。至此,这桩离婚案正式结束。

　　再下一个星期五,遗嘱起草完毕。我用中文向杜先生逐条解释信托的形式及内容。虽然信托根据他的要求拟定,但由于隔代,并且不可修改,我必须让他真正懂得其中包含的风险和不利。在我的建议下,他选择了一家银行的信托服务部门作为资产管理机构。至此,杜先生的遗嘱正式生效。

　　从那以后,我再也没有见过杜先生,直到差不多过了一年的时光,泰勒给我打电话,说,你还记得杜先生吗?……你给他的离婚案做翻译。

　　我说,当然记得。

　　他死了。

　　怎么回事儿?心脏病吗?

　　有人在他的脑门上种了颗子弹。

天哪！帮派混战误杀吗？

看起来不像。近距离。处决式的。我陪杜太太去长老会医院跑了一趟。

警察局怎么说？

已按凶杀立案。你知道，这多半是职业杀手干的，最终会变成死案。

我能帮什么忙？

谁也帮不了什么。葬礼下星期三举行，杜太太希望你能参加。

好，我去。

杜先生的葬礼在沃尔克殡仪馆的小厅里举行，参加的人除了杜太太、两个孩子、泰勒和我之外，还有杜太太教会的牧师和几个教友。仪式简单至极，杜太太和孩子讲了几句话，无非是缅怀杜先生做过的好事，其他来宾都默默地坐着，一言不发。仪式结束后，一行车队在警车的陪护下，开到城边的一块公墓。牧师念了一段《圣经》，棺柩入土。杜太太邀请大家到她的餐馆用餐，以示谢意。

杜太太的餐馆坐落在一个繁华的购物中心，店面中等规模，正厅放着二三十张桌子，侧厅是个包间，包间里有两张圆桌，大家随意入座。我、泰勒、杜太太、两个孩子、牧师，以及两位素不相识的中年妇人坐在同一张桌上。杜太太向侍应生吩咐了几句，茶和啤酒很快摆上桌面。我注意到杜太太和儿子之间的位子空置在那里，盘碗餐巾也备得齐整，就随意问，杜太太，还有人来吗？

杜太太答道，就我们这些人了。

我说，那副干净餐具可以撤掉了。

留着吧,杜太太淡淡地说,然后倒了一盅茶,放在干净的餐具旁边。

我心中一震。

杜太太又倒了一盅茶,站起身向厨房走去。我等了片刻,也站起身走进厨房,正好碰见杜太太刚刚点燃三支香,插到神龛前的一个小香坛内。她看到我,勉强地笑了一下,算是打了招呼。

杜太太,我说,有件事我必须告诉你。

杜太太仍旧淡淡地说,是关于杜先生的吧?

是的。杜先生曾经在我这儿立过一份遗嘱。

我知道。

我愣了神。

杜太太说,他都是为了我,为了小孩……话未说完,眼泪就扑簌簌滚下来。

这个情景让我不知所措。

杜太太,请节哀。我安慰道。

杜太太用餐巾擦擦眼泪,说,他的感觉是对的……他们是不会放过他的……

我不知究竟,就静静地陪着。

他年轻时好赌,欠了赌债……高利贷就是吸血鬼,一直到吸干你为止……还来还去,越还越多……青印帮的人找了他十几年……还记得法庭上坐着的那对男女吧?青印的眼线……他说,难逃一劫,一人做事一人当,不能牵累我和小孩……他这样做都是为了……

杜太太用餐巾死死地捂着脸,竭力压制啜泣声。

不知过了多久，杜太太平静下来，嘴角翘了翘，露出一个苦涩的笑，说，不好意思。上菜了，我们去吃饭。

　　我跟随杜太太出了厨房。临进包间的时候，杜太太停了脚步，眼光里满是柔情，对我说，李律师，我跟他可是地地道道的青梅竹马。

后　记

　　冒着画蛇添足的风险，写这个后记。

　　首先感谢诗人潞潞为这个集子的出版奔走。他的《无题》诗是中国一代诗歌的巅峰之作，在很大程度上影响并鼓励了我的小说创作。再者，我想表达我对北岳文艺出版社编辑王朝军先生的尊敬和谢意。

　　书中收集了十三个短篇，前十一个在 20 世纪 80 年代末、90 年代初成形，最后两篇去年完成。这是一个近三十年的跨度；不仅如此，空间也发生了很大变化：一个在中国，另一个在美国。我原来的设想是把《背上的猴子》和《离婚》归纳在尚未完成的一个集子里，因为它们讲述的毕竟是域外的故事，与其他诸篇之间存在着相当的地理距离。挣扎一番后，我还是为了篇幅的缘故把它们拿来充数。现在看来，这个决定虽不尽人意，却也有些益处。其一，读者和作者可以借此观照一下时空的差异对于我们的思想和语言将造成什么样的不合谐和不完美；其二，我们可以借此思考一下超越时空限制的可能性。

在编这本集子的过程中，我惊讶地发现，时隔许久，每一篇小说仍然具有很强的可读性，而这种可读性正是我在自序中所说的可能性。虽然我们无法超越时空，但小说不应该被时空所局限。

另外需要说明的一点是，我认为这些小说的可读性，一部分取决于它们的试验性。读者可能已经觉察到，或将要觉察到，每一篇小说在形式、语言、内容上都具有很大不同，这些不同是刻意的，是根据故事的需要制造的。生存现象的复杂很难用同一个预设的格式来表述，不论它是绝对精神、纯粹理性，还是经验或物质主义；不论它的内容是美、不美，或荒诞。更有趣的是，当我们从不同的角度，以不同的手法研究一个人、一件事的时候，我们对生存的理解和欣赏就会丰富起来。小说既是表现那个丰富性的方式，也是那个丰富性本身。我生存，因而我作小说。

几十年来，我们在读正统的文学作品时，思维变得懒惰，习惯于具有肯定性的、线性平面的叙述，再读试验性的东西，就会产生排斥情绪。既缺乏必要的思考能力，也没有适合的话语结构来吸收并诠释新颖不群的文学现象。我觉得这是中国当代文学的一个特色。

是时候了，我们应该信任读者，给他们留下足够的判断空间，尽管他们许多人还没有准备好。

二〇一七年四月七日